40 CHANSONS

SPECIAL GUITARE

Georges Brassens

LES TRANSCRIPTIONS POUR GUITARE SONT DE **RENE DUCHOSSOIR**

L'EKTACHROME DE COUVERTURE EST DE **JEAN BONZON** – PHONOGRAM

PREFACE

Cet album des chansons de Georges BRASSENS est conçu en premier lieu pour les guitaristes.

Vous y trouverez, avec la musique et les textes magnifiques que chacun connait, des «Diagrammes» ou Grilles d'accords vous indiquant les positions et les doigts à utiliser pour chaque accord.

Ces «diagrammes», placés au-dessus de la portée, seront interprêtés de la manière habituelle à la guitare c'est-à-dire pour la **MAIN GAUCHE**

les chiffres 1, 2, 3, 4, indiqueront
1   **l'index**
2   **le médius ou majeur**
3   **l'annulaire**
4   **l'auriculaire ou petit doigt**

D'autre part, **ne pas faire sonner** la corde marquée d'une croix (x)
Au contraire les petits ronds (o) indiquent que la corde **doit sonner a vide,** avec les autres constituant l'accord.

Certaines positions ne sont pas au début du manche. En ce cas elles comportent l'indication de la case (ou barrette) où elles se trouvent :
Exemple : Case 3 ou C 3 : accord à la 3ème case.

Si vous rencontrez parfois la lettre B à la place du C (de case) c'est-à-dire qu'il s'agit d'un grand BARRÉ.
Exemple : B 5 : barré à la 5ème case. (A ce propos, le barré n'est difficile que par la crispation qu'il provoque quand on n'est pas habitué à le pratiquer. Avec un peu de persévérance on maitrisera rapidement cette position qu'il est indispensable de connaitre).

Pour la **MAIN DROITE** on peut se servir d'un plectre ou médiator ou utiliser les doigts comme le fait Georges Brassens. Si vous utilisez les doigts, procèder de la façon suivante : Le Pouce indiqué par P jouera les basses sur les 6ème, 5ème et 4ème cordes, selon la position des accords. Un chiffre placé dans un rond ⑤ désignera la corde à articuler (ici la 5ème).

Les autres doigts Index, médius, annulaire, en abrégé, **i, m, a,** pinceront simultanément les groupes de cordes 4, 3, 2 ou 3, 2, 1, toujours selon la position des accords.
Ainsi, en jouant :

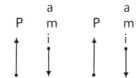

on obtiendra le rythme désiré.

Et maintenant . . . . au travail !!

R. D.

INDEX

LA MAUVAISE REPUTATION

Paroles et musique de
Georges BRASSENS

1. Au village, sans prétention,
J'ai mauvaise réputation ;
Qu' je m' démène ou qu' je reste coi,
Je pass' pour un je-ne-sais-quoi.
Je ne fais pourtant de tort à personne,
En suivant mon ch'min de petit bonhomme ;
Mais les brav's gens n'aiment pas que
L'on suive une autre route qu'eux...
Non, les brav's gens n'aiment pas que
L'on suive une autre route qu'eux...
Tout le monde médit de moi,
Sauf les muets, ça va de soi.

2. Le jour du Quatorze-Juillet,
Je reste dans mon lit douillet ;
La musique qui marche au pas,
Cela ne me regarde pas.
Je ne fais pourtant de tort à personne,
En n'écoutant pas le clairon qui sonne ;
Mais les brav's gens n'aiment pas que
L'on suive une autre route qu'eux...
Non, les brav's gens n'aiment pas que
L'on suive une autre route qu'eux...
Tout l'monde me montre du doigt,
Sauf les manchots, ça va de soi.

3. Quand j' croise un voleur malchanceux
Poursuivi par un cul-terreux,
J' lanc' la patte et, pourquoi le taire,
Le cul-terreux se r'trouv' par terre.
Je ne fais pourtant de tort à personne,
En laissant courir les voleurs de pommes ;
Mais les brav's gens n'aiment pas que
L' on suive une autre route qu'eux...
Non, les brav's gens n'aiment pas que
L'on suive une autre route qu'eux...
Tout le monde se ru' sur moi,
Sauf les culs-d'-jatt', ça va de soi.

4. Pas besoin d'être Jérémi'
Pour d'viner l' sort qui m'est promis :
S'ils trouv'nt une corde à leur goût,
Ils me la passeront au cou.
Je ne fais pourtant de tort à personne,
En suivant les ch'mins qui n' mèn'nt pas à Rome ;
Mais les brav's gens n'aiment pas que
L'on suive une autre route qu'eux...
Non, les brav's gens n'aiment pas que
L'on suive une autre route qu'eux...
Tout l' mond' viendra me voir pendu,
Sauf les aveugl's, bien entendu.

LE GORILLE

Musique de
Eugène METEHEN

Paroles de
Georges BRASSENS

Marcato

même rythme tout au long du morceau

1. C'est

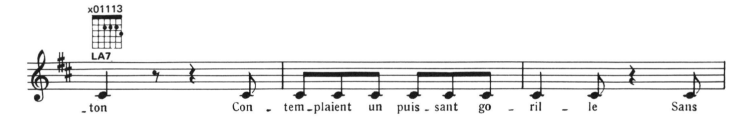

à tra _ vers de lar _ ges gril _ les   Que les fe _ mel _ les du can _

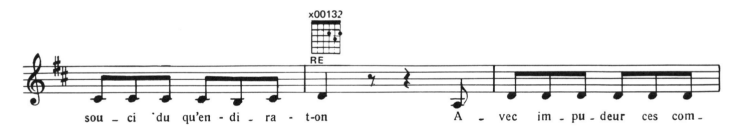

_ ton   Con _ tem _ plaient un puis _ sant go _ ril _ le   Sans

sou _ ci 'du qu'en _ di _ ra _ t-on   A _ vec im _ pu _ deur ces com _

_ mè _ res   Lor _ gnaient même un en _ droit pré _ cis   Que

ri _ gou _ reu _ se _ ment ma mè _ re   M'a dé _ fen _ du d'nom _ mer i _

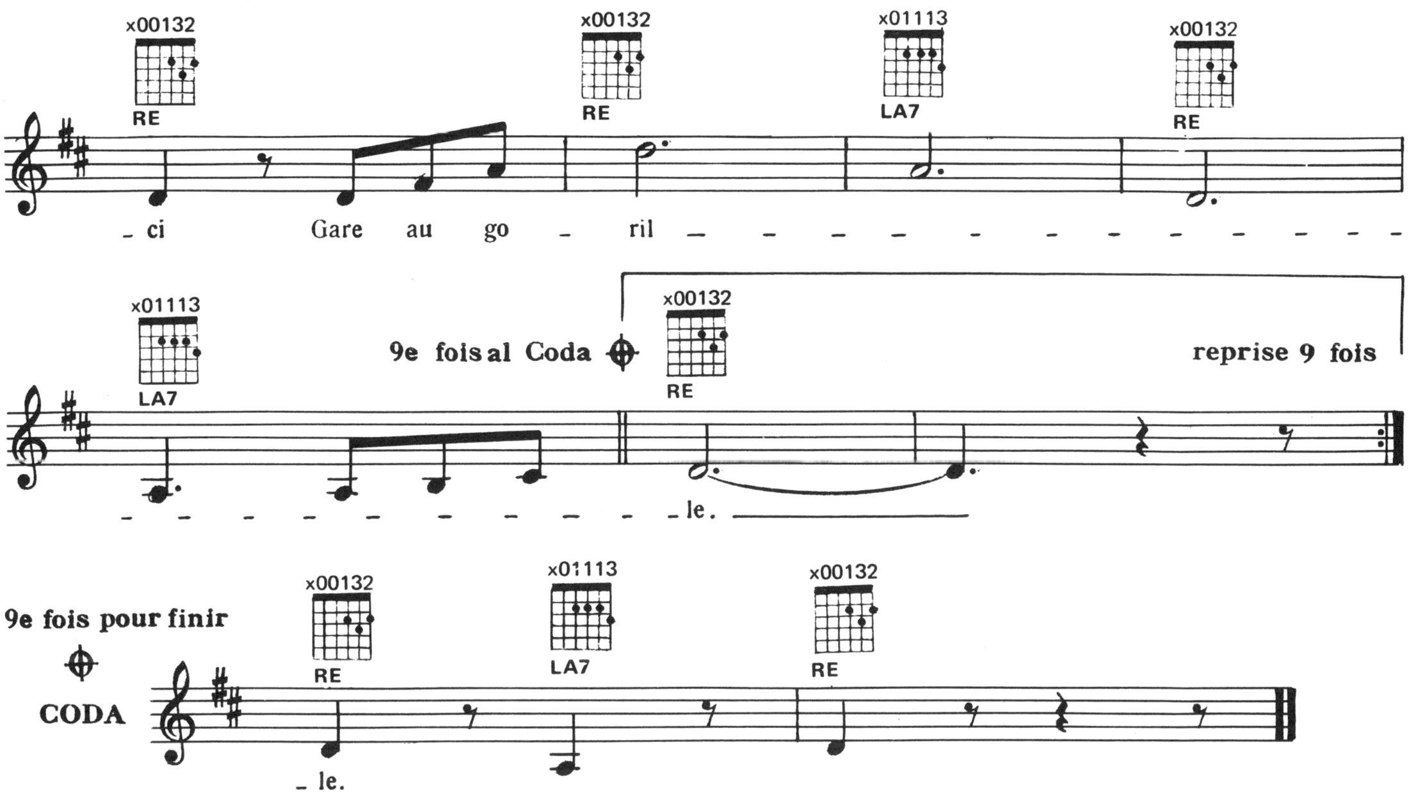

1. C'est à travers de larges grilles,
Que les femelles du canton
Contemplaient un puissant gorille,
Sans souci du qu'en-dira-t-on ;
Avec impudeur, ces commères
Lorgnaient même un endroit précis
Que, rigoureusement, ma mère
M'a défendu d' nommer ici.
Gare au gorille ! ...

2. Tout à coup, la prison bien close,
Où vivait le bel animal,
S'ouvre on n' sait pourquoi (je suppose
Qu'on avait dû la fermer mal) ;
Le singe, en sortant de sa cage,
Dit : "C'est aujourd'hui que j' le perds ! "
Il parlait de son pucelage,
Vous aviez deviné, j'espère !
Gare au gorille ! ...

3. L'patron de la ménagerie
Criait, éperdu : "Nom de nom !
C'est assommant, car le gorille
N'a jamais connu de guenon ! "
Dès que la féminine engeance
Sut que le singe était puceau,
Au lieu de profiter d' la chance,
Elle fit feu des deux fuseaux !
Gare au gorille ! ...

4. Celles-là même qui, naguère,
Le couvaient d'un œil décidé,
Fuirent, prouvant qu'ell's n'avaient guère
De la suite dans les idé's ;
D'autant plus vaine était leur crainte,
Que le gorille est un luron
Supérieur à l'homm' dans l'étreinte,
Bien des femmes vous le diront !
Gare au gorille ! ...

5. Tout le monde se précipite
Hors d'atteinte du singe en rut,
Sauf une vieille décrépite
Et un jeune juge en bois brut.
Voyant que toutes se dérobent,
Le quadrumane accéléra
Son dandinement vers les robes
De la vieille et du magistrat !
Gare au gorille ! ...

6. "Bah ! soupirait la centenaire,
Qu'on pût encor me désirer,
Ce serait extraordinaire,
Et, pour tout dire, inespéré!"
Le juge pensait, impassible :
"Qu'on me prenn' pour une guenon,
C'est complètement impossible..."
La suite lui prouva que non !
Gare au gorille ! ...

7. Supposez qu'un de vous puisse être,
Comme le singe, obligé de
Violer un juge ou une ancêtre,
Lequel choisirait-il des deux ?
Qu'une alternative pareille,
Un de ces quatre jours, m'échoie,
C'est, j'en suis convaincu, la vieille
Qui sera l'objet de mon choix !
Gare au gorille ! ...

8. Mais, par malheur, si le gorille
Aux jeux de l'amour vaut son prix,
On sait qu'en revanche il ne brille
Ni par le goût ni par l'esprit.
Lors, au lieu d'opter pour la vieille,
Comme aurait fait n'importe qui,
Il saisit le juge à l'oreille
Et l'entraîna dans un maquis !
Gare au gorille ! ...

9. La suite serait délectable,
Malheureusement, je ne peux
Pas la dire, et c'est regrettable,
Ça nous aurait fait rire un peu ;
Car le juge, au moment suprême,
Criait : "Maman! ", pleurait beaucoup,
Comme l'homme auquel, le jour même,
Il avait fait trancher le cou.
Gare au gorille ! ...

LE MAUVAIS SUJET REPENTI

Musique de
Eugène METEHEN

Paroles de
Georges BRASSENS

1. Elle a _ vait la taill' fait' au tour, Les han _ ches
c'est vrai j'en con _ viens, L'a _ vait l'gé _
rem _ pli de pi _ tié Pour la don _

plei _ nes. Et chas _ sait l'mâle aux a _ len
_ ni _ e. Mais sans tech _ nique un don n'est
_ zel _ le, J'lui en _ sei _ gnai de son mé _

_tours De la Mad' _ lei _ ne, A sa fa
rien Qu'un' sal' ma _ ni _ e. Certes, on ne
_ tier Les p'tit's fi _ cel _ les, J'lui en _ sei _

_çon de m'dir': « Mon rat Est-c' que j'te ten _ te? »
se fait pas pu _ tin Comme on s'fait non _ ne;
_gnai l'moy _ en d'bien _ tôt Fai _ re for _ tu _ ne

9e fois al Coda

Je vis que j'a _ vais af _ faire à Un' dé _ bu
C'est du moins c'qu'on prêche en la _ tin, A la Sor
En bou _ geant l'en _ droit où le dos r'ssemble à la

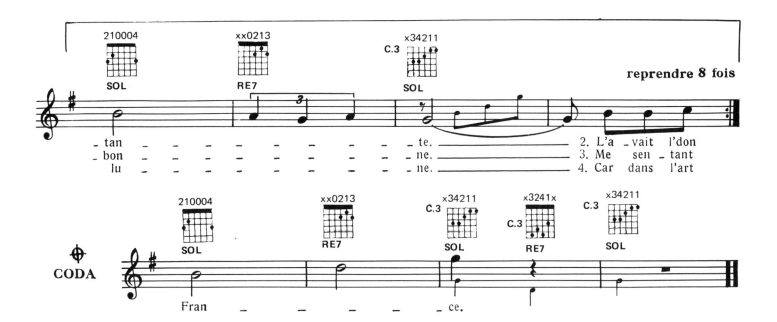

CODA

Fran _ _ _ _ ce.

1. Elle avait la taill' faite au tour,
   Les hanches pleines,
   Et chassait l' mâle aux alentours
   De la Mad'leine...
   A sa façon d' me dir' : "Mon rat,
   Est-c' que j' te tente ? "
   Je vis que j'avais affaire à
   Un' débutante...

2. L'avait l' don, c'est vrai, j'en conviens,
   L'avait l' génie,
   Mais, sans technique, un don n'est rien
   Qu'un' sal' manie...
   Certes, on ne se fait pas putain
   Comme on s' fait nonne.
   C'est du moins c' qu'on prêche, en latin,
   A la Sorbonne...

3. Me sentant rempli de pitié
   Pour la donzelle,
   J' lui enseignai, de son métier,
   Les p'tit's ficelles...
   J' lui enseignai l' moyen d' bientôt
   Faire fortune,
   En bougeant l'endroit où le dos
   R'ssemble à la lune...

4. Car, dans l'art de fair' le trottoir,
   Je le confesse,
   Le difficile est d' bien savoir
   Jouer des fesses...
   On n' tortill' pas son popotin
   D' la mêm' manière,
   Pour un droguiste, un sacristain,
   Un fonctionnaire...

5. Rapidement instruite par
   Mes bons offices,
   Elle m'investit d'une part
   D' ses bénéfices...
   On s'aida mutuellement,
   Comm' dit l' poète,
   Elle était l' corps, naturell'ment,
   Puis moi la tête...

6. Un soir, à la suite de
   Manœuvres douteuses,
   Ell' tomba victim' d'une
   Maladie honteuse...
   Lors, en tout bien, toute amitié,
   En fille probe,
   Elle me passa la moitié
   De ses microbes...

7. Après des injections aiguës
   D'antiseptique,
   J'abandonnai l' métier d' cocu
   Systématique...
   Elle eut beau pousser des sanglots,
   Braire à tu'-tête,
   Comme je n'étais qu'un salaud,
   J' me fis honnête...

8. Sitôt privé' de ma tutell',
   Ma pauvre amie
   Courut essuyer du bordel
   Les infamies...
   Paraît qu'ell' s' vend même à des flics,
   Quell' décadence !
   Y'a plus d' moralité publiqu'
   Dans notre France...

HECATOMBE

Paroles et musique de
Georges BRASSENS

E.M.R.V. 1221

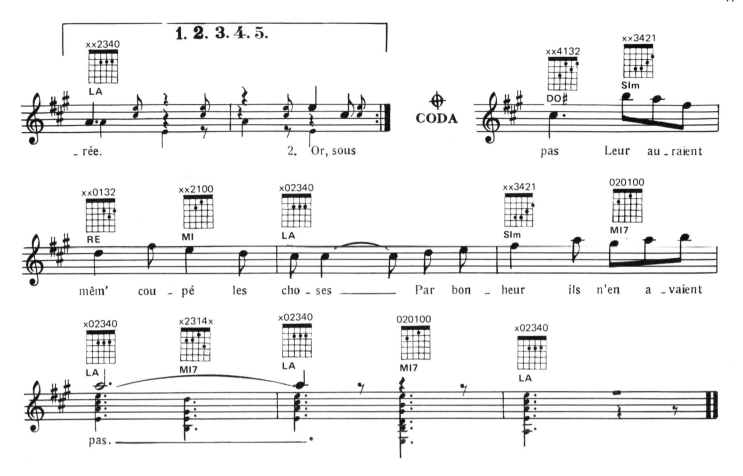

1. Au marché de Briv'-la-Gaillarde,
   A propos de bottes d'oignons,
   Quelques douzaines de gaillardes
   Se crêpaient un jour le chignon.
   A pied, à cheval, en voiture,
   Les gendarmes, mal inspirés,
   Vinrent pour tenter l'aventure
   D'interrompre l'échauffouré'.

2. Or, sous tous les cieux sans vergogne,
   C'est un usag' bien établi,
   Dès qu'il s'agit d' rosser les cognes
   Tout l' monde se réconcili'.
   Ces furi's, perdant tout' mesure,
   Se ruèrent sur les guignols,
   Et donnèrent, je vous l'assure,
   Un spectacle assez croquignol.

3. En voyant ces braves pandores
   Etre à deux doigts de succomber,
   Moi, j' bichais, car je les adore
   Sous la forme de macchabé's.
   De la mansarde où je réside,
   J'excitais les farouches bras
   Des mégères gendarmicides,
   En criant : "Hip, hip, hip, hourra ! "

4. Frénétiqu', l'une d'elle' attache
   Le vieux maréchal des logis,
   Et lui fait crier : "Mort aux vaches !
   Mort aux lois ! Vive l'anarchi' ! "
   Une autre fourre avec rudesse
   Le crâne d'un de ces lourdauds
   Entre ses gigantesques fesses
   Qu'elle serre comme un étau.

5. La plus grasse de ces femelles,
   Ouvrant son corsag' dilaté,
   Matraque à grands coups de mamelles
   Ceux qui passent à sa porté'.
   Ils tombent, tombent, tombent, tombent,
   Et, s'lon les avis compétents,
   Il paraît que cett' hécatombe
   Fut la plus bell' de tous les temps.

6. Jugeant enfin que leurs victimes
   Avaient eu leur content de gnons,
   Ces furi's, comme outrage ultime,
   En retournant à leurs oignons,
   Ces furi's, à peine si j'ose
   Le dire, tellement c'est bas,
   Leur auraient mêm' coupé les choses :) bis
   Par bonheur ils n'en avaient pas !   )

CHANSON POUR L'AUVERGNAT

Paroles et musique de
Georges BRASSENS

1. Elle est à toi cette chanson Toi l'auvergnat qui sans fa-
2. Elle est à toi cette chanson Toi l'hôtesse qui sans fa-
3. Elle est à toi cette chanson Toi l'étranger qui sans fa-

-çon M'as donné quatre bouts de bois Quand dans ma vie il faisait
-çon M'as donné quatre bouts de pain Quand dans ma vie il faisait
-çon D'un air malheureux m'as souri Lorsque les gendarmes m'ont

froid _____ Toi qui m'as donné du feu quand Les cro-quan-
faim _____ Toi qui m'ouvris ta huche quand Les cro-quan-
pris _____ Toi qui n'as pas applaudi quand Les cro-quan-

-tes et les cro-quants Tous les gens bien intentionnés M'a-
-tes et les cro-quants Tous les gens bien intentionnés S'a-
-tes et les cro-quants. Tous les gens bien intentionnés Ri-

E.M.R.V. 1262

13

_vaient fer-mé la porte au nez _____ Ce n'é-tait rien qu'un feu de
-mu saient à me voir jeû ner _____ Ce n'é-tait rien qu'un bout de
_aient de me voir a _me _né _____ Ce n'é-tait rien qu'un peu de

bois Mais il m'a _vait chauf-fé le corps Et dans mon âme il
pain Mais il m'a _vait chauf-fé le corps Et dans mon âme il
miel Mais il m'a _vait chauf-fé le corps Et dans mon âme il

brûle en _ cor' A la ma_nièr' d'un feu de joie _____ Toi l'au-ver-
brûle en _ cor' A la ma_nièr' d'un grand fes _ tin _____ Toi l'hô-tes-
brûle en _ cor' A la ma_nièr' d'un grand so _ leil _____ Toi l'é-tran-

_gnat quand tu mour _ ras
_se quand tu mour _ ras 1.2.3. Quand le croqu'_mort t'em _ por _ te _ ra
_ger quand tu mour _ ras

Qu'il te con _ duise _____ à tra _ vers ciel Au père

1. 2.   **3.**

é _ ter _ nel. _____

E.M.R.V. - 1262

1. Elle est à toi, cette chanson,
Toi, l'Auvergnat qui, sans façon,
M'as donné quatre bouts de bois
Quand, dans ma vie, il faisait froid,
Toi qui m'as donné du feu quand
Les croquantes et les croquants,
Tous les gens bien intentionnés,
M'avaient fermé la porte au nez...
Ce n'était rien qu'un feu de bois,
Mais il m'avait chauffé le corps,
Et dans mon âme il brûle encor'
A la manièr' d'un feu de joi'.

Toi, l'Auvergnat, quand tu mourras,
Quand le croqu'-mort t'emportera,
Qu'il te conduise, à travers ciel,
Au Père éternel.

2. Elle est à toi, cette chanson,
Toi, l'Hôtesse qui, sans façon,
M'as donné quatre bouts de pain
Quand, dans ma vie, il faisait faim,
Toi qui m'ouvris ta huche quand
Les croquantes et les croquants,
Tous les gens bien intentionnés,
S'amusaient à me voir jeûner...
Ce n'était rien qu'un peu de pain,
Mais il m'avait chauffé le corps,
Et dans mon âme il brûle encor'
A la manièr' d'un grand festin.

Toi, l'Hôtesse, quand tu mourras,
Quand le croqu'-mort t'emportera,
Qu'il te conduise, à travers ciel,
Au Père éternel.

3. Elle est à toi, cette chanson,
Toi, l'Etranger qui, sans façon,
D'un air malheureux m'a souri
Lorsque les gendarmes m'ont pris,
Toi qui n'as pas applaudi quand
Les croquantes et les croquants,
Tous les gens bien intentionnés,
Riaient de me voir amené...
Ce n'était rien qu'un peu de miel,
Mais il m'avait chauffé le corps,
Et dans mon âme il brûle encor'
A la manièr' d'un grand soleil.

Toi, l'Etranger, quand tu mourras,
Quand le croqu'-mort t'emportera,
Qu'il te conduise, à travers ciel,
Au Père éternel.

LE FOSSOYEUR

Paroles et musique de
Georges BRASSENS

1
Dieu sait qu' je n'ai pas le fond méchant,
Je ne souhait' jamais la mort des gens ;
Mais si l'on ne mourait plus,
J' crèv'rais d' faim sur mon talus...
J' suis un pauvre fossoyeur.

2
Les vivants croient qu' je n'ai pas d' remords
A gagner mon pain sur l' dos des morts ;
Mais ça m' tracasse et, d'ailleurs,
J' les enterre à contrecœur...
J' suis un pauvre fossoyeur.

3
Et plus j' lâch' la bride à mon émoi,
Et plus les copains s'amus'nt de moi ;
I' m' dis'nt : "Mon vieux, par moments,
T'as un' figur' d'enterr'ment..."
J' suis un pauvre fossoyeur.

4
J'ai beau m' dir' que rien n'est éternel,
J' peux pas trouver ça tout naturel ;
Et jamais je ne parviens
A prendr' la mort comme ell' vient...
J' suis un pauvre fossoyeur.

5
Ni vu ni connu, brav' mort, adieu !
Si du fond d' la terre on voit l' Bon Dieu,
Dis-lui l' mal que m'a coûté
La dernière pelleté'...
J' suis un pauvre fossoyeur. *(bis)*

E.M.R.V. 1219

AUPRES DE MON ARBRE

Paroles et musique de
Georges BRASSENS

1. J'ai plaqué mon chêne
   Comme un saligaud,
   Mon copain le chêne,
   Mon *alter ego,*
   On était du même bois
   Un peu rustique, un peu brut,
   Dont on fait n'importe quoi
   Sauf, naturell'ment, les flûtes...
   J'ai maint'nant des frênes,
   Des arbres de Judée,
   Tous de bonne graine,
   De haute futaie...
   Mais, toi, tu manque' à l'appel,
   Ma vieill' branche de campagne,
   Mon seul arbre de Noël,
   Mon mât de cocagne !

Refrain

Auprès de mon arbre,
Je vivais heureux,
J'aurais jamais dû m'éloigner de mon arbre ...
Auprès de mon arbre,
Je vivais heureux,
J'aurais jamais dû le quitter des yeux ...

2. Je suis un pauvr' type,
   J'aurai plus de joie :
   J'ai jeté ma pipe,
   Ma vieill' pipe en bois,
   Qui' avait fumé sans s' fâcher,
   Sans jamais m' brûler la lippe,
   L' tabac d' la vache enragée
   Dans sa bonn' vieill' têt' de pipe...
   J'ai des pip's d'écume
   Orné's de fleurons,
   De ces pip's qu'on fume
   En levant le front,
   Mais j' retrouv'rai plus, ma foi,
   Dans mon cœur ni sur ma lippe,
   Le goût d' ma vieill' pipe en bois,
   Sacré nom d'un' pipe !

3. Le surnom d'infâme
   Me va comme un gant :
   D'avecque ma femme
   J'ai foutu le camp,
   Parc' que, depuis tant d'anné's,
   C'était pas un' sinécure
   De lui voir tout l' temps le nez
   Au milieu de la figure...
   Je bats la campagne
   Pour dénicher la
   Nouvelle compagne
   Valant celle-là,
   Qui, bien sûr, laissait beaucoup
   Trop de pierr's dans les lentilles,
   Mais se pendait à mon cou
   Quand j' perdais mes billes !

4. J'avais un' mansarde
   Pour tout logement,
   Avec des lézardes
   Sur le firmament,
   Je l' savais par cœur depuis
   Et, pour un baiser la course,
   J'emmenais mes bell's de nuit
   Faire un tour sur la grande Ourse...
   J'habit' plus d' mansarde,
   Il peut désormais
   Tomber des hall'bardes,
   Je m'en bats l'œil mais,
   Mais si quelqu'un monte aux cieux
   Moins que moi, j'y pai' des prunes :
   Y' a cent sept ans, qui dit mieux,
   Qu' j'ai pas vu la lune !

LES SABOTS D'HÉLÈNE

Paroles et musique de
Georges BRASSENS

E.M.R.V. 1261

20

Va t'en rem — plir ton seau ———— Moi ————

— j'ai pris la pei — ne De les dé — chaus — ser

Les sa — bots d'Hé — lèn' moi qui ne suis pas ca — pi — tai — ne

Et j'ai vu ma pei — ne Bien ré — com — pen — sée

Dans les sa — bots de la pauvre Hé — lè — ne

Dans ses sa — bots crot — tés ————————————

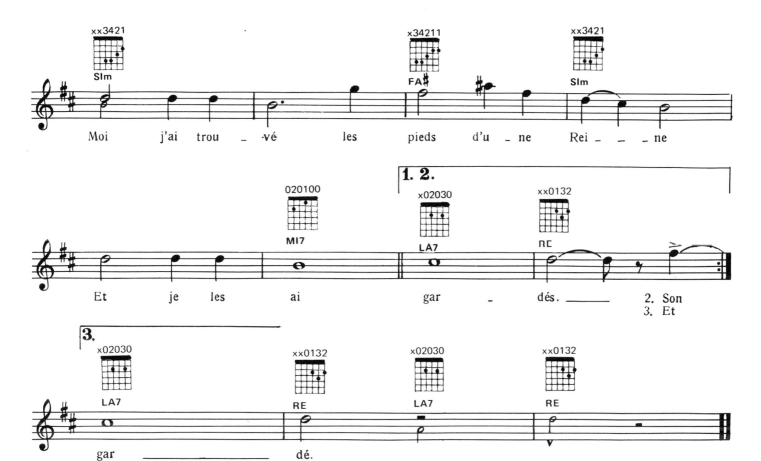

Moi   j'ai   trou _ vé   les   pieds   d'u _ ne   Rei _ _ _ ne

Et   je   les   ai   gar _ dés. _____   2. Son
                                                3. Et

gar _____ dé.

1. Les sabots d'Hélène
   Etaient tout crottés,
   Les trois capitaines
   L'auraient appelé' vilaine,
   Et la pauvre Hélène
   Etait comme une âme en peine...
   Ne cherche plus longtemps de fontaine,
   Toi qui as besoin d'eau,
   Ne cherche plus : aux larmes d'Hélène
   Va-t'en remplir ton seau.

2. Moi j'ai pris la peine
   De les déchausser,
   Les sabots d'Hélène,
   Moi qui ne suis pas capitaine,
   Et j'ai vu ma peine
   Bien récompensée...
   Dans les sabots de la pauvre Hélène,
   Dans ses sabots crottés,
   Moi j'ai trouvé les pieds d'une reine
   Et je les ai gardés.

3. Son jupon de laine
   Etait tout mité,
   Les trois capitaines
   L'auraient appelé' vilaine,
   Et la pauvre Hélène
   Etait comme une âme en peine...
   Ne cherche plus longtemps de fontaine,
   Toi qui as besoin d'eau,
   Ne cherche plus : aux larmes d'Hélène
   Va-t'en remplir ton seau.

4. Moi j'ai pris la peine
   De le retrousser,
   Le jupon d'Hélène,
   Moi qui ne suis pas capitaine,
   Et j'ai vu ma peine
   Bien récompensée...
   Sous le jupon de la pauvre Hélène,
   Sous son jupon mité,
   Moi j'ai trouvé des jambes de reine
   Et je les ai gardées.

5. Et le cœur d'Hélène
   N' savait pas chanter,
   Les trois capitaines
   L'auraient appelé' vilaine,
   Et la pauvre Hélène
   Etait comme une âme en peine...
   Ne cherche plus longtemps de fontaine,
   Toi qui as besoin d'eau,
   Ne cherche plus : aux larmes d'Hélène
   Va-t'en remplir ton seau.

6. Moi j'ai pris la peine
   De m'y arrêter,
   Dans le cœur d'Hélène,
   Moi qui ne suis pas capitaine,
   Et j'ai vu ma peine
   Bien récompensée...
   Et, dans le cœur de la pauvre Hélène,
   Qu'i-avait jamais chanté,
   Moi j'ai trouvé l'amour d'une reine
   Et moi je l'ai gardé.

IL SUFFIT DE PASSER LE PONT

Paroles et musique de
Georges **BRASSENS**

E.M.R.V. 1240

23

EMRV 1240

sem _ ble, Et tant mieux si c'est un pé _ ché _____ Nous i _

_rons en en _ fer en _ sem _ ble! _____ Il suf _ fit de pas _ ser le

pont, _____ Lais _ se - moi te _ nir ton ju _ pon. _____ Il suf _ fit de pas _ ser le

pont, Lais _ se - moi te _ nir ton ju _ pon.

1. Il suffit de passer le pont,
C'est tout de suite l'aventure !
Laisse-moi tenir ton jupon,
J' t'emmèn' visiter la nature !
L'herbe est douce à Pâques fleuri's...
Jetons mes sabots, tes galoches,
Et, légers comme des cabris,
Courons après les sons de cloches !
Dinn din don ! les matines sonnent
En l'honneur de notre bonheur,
Ding ding dong ! faut l' dire à personne:
J'ai graissé la patte au sonneur.

2. Laisse-moi tenir ton jupon,
Courons, guilleret, guillerette,
Il suffit de passer le pont,
Et c'est le royaum' des fleurettes...
Entre tout's les bell's que voici,
Je devin' cell' que tu préfères...
C'est pas l' coqu'licot, Dieu merci !
Ni l' coucou, mais la primevère.
J'en vois un' blotti' sous les feuilles,
Elle est en velours comm' tes jou's.
Fais le guet pendant qu' je la cueille :
"Je n'ai jamais aimé que vous !"

3. Il suffit de trois petits bonds,
C'est tout de suit' la tarentelle,
Laisse-moi tenir ton jupon,
J' saurai ménager tes dentelles...
J'ai graissé la patte au berger
Pour lui fair' jouer une aubade.
Lors, ma mi', sans croire au danger,
Faisons mille et une gambades,
Ton pied frappe et frappe la mousse...
Si l' chardon s'y pique dedans,
Ne pleure pas, ma mi' qui souffre :
Je te l'enlève avec les dents !

4. On n'a plus rien à se cacher,
On peut s'aimer comm' bon nous semble,
Et tant mieux si c'est un péché :
Nous irons en enfer ensemble !
Il suffit de passer le pont,
Laisse-moi tenir ton jupon,
Il suffit de passer le pont,) bis
Laisse-moi tenir ton jupon.)

BONHOMME

Paroles et musique de
Georges BRASSENS

1. Malgré la bise qui mord,
   La pauvre vieille de somme
   Va ramasser du bois mort
   Pour chauffer Bonhomme,
   Bonhomme qui va mourir
   De mort naturelle.

2. Mélancolique, elle va
   A travers la forêt blême
   Où jadis elle rêva
   De celui qu'elle aime,
   Qu'elle aime et qui va mourir
   De mort naturelle.

3. Rien n'arrêtera le cours
   De la vieille qui moissonne
   Le bois mort de ses doigts gourds,
   Ni rien ni personne,
   Car Bonhomme va mourir
   De mort naturelle.

4. Non, rien ne l'arrêtera,
   Ni cette voix de malheur (e)
   Qui dit : "Quand tu rentreras
   Chez toi, tout à l'heure,
   Bonhomm' sera déjà mort
   De mort naturelle."

5. Ni cette autre et sombre voix,
   Montant du plus profond d'elle,
   Lui rappeler que, parfois,
   Il fut infidèle,
   Car Bonhomme, il va mourir
   De mort naturelle.

E.M.R.V. 1305

LA CHASSE AUX PAPILLONS

Paroles et musique de
Georges BRASSENS

1. Un bon pe-tit diable à la
Comme il at-tei-gnait l'o-rée

fleur de l'â-ge, La jam-be lé-gère et l'œil po-lis-son,
du vil-la-ge, Fi-lant sa que-nouille il vit Cen-dril-lon,

Et la bou-che plein' de joy-eux ra-ma-ges, Al-lait à la chasse aux
Il lui dit : "Bon-jour, que Dieu te mé-na-ge, J'␣t'em-mène à la chasse aux

pa-pil-lons.
pa-pil-lons. Cen-dril-lon ra-vie de quit-ter sa ca-ge,

met sa ro-be neuve et ses bot-til-lons ; Et bras d'ssus bras d'ssous vers les

27

frais   bo - ca - ges   · Ils vont à la chasse aux pa - pil - lons.

Ils ne sa - vaient pas que sous les   om - bra - ges   Se ca-chait l'a - mour et son

ai - guil - lon ;   Et qu'il transper - çait les cœurs de   leur   â - ge. Les cœurs de chas-

-seurs   de   pa - pil - lons.   Quand il se   fit   tendre, ell' lui
                                     Sur sa bouche en feu qui cri-

dit : "J' pré - sa - ge   Qu' c'est pas dans les   plis de mon co - til - lon   Ni dans l'é-chan-
-ait : "Sois   sa - ge"   Il po-sa sa bouche en guis' dé bail - lon   Et c'fut l' plus char-

-cru - re de mon cor - sa - ge   Qu'on va-t-à la chasse aux   pa - pil - lons
-mant des re - mue - mé - na - ge   Qu'on ait vu d' mé - moir' de   pa - pil - lon.

F.M.R.V. - 1215

28

Un vol-can dans l'âme i' r'vinr'nt au vil - la - ge, En se pro-met - tant d'al - ler

des mil - lions Des mil-liards de fois et mêm' da - van - ta - ge,

Ensemble à la chasse aux pa-pil - lons. Mais tant qu'ils s'aim'-ront, tant que

les nu - a - ges Por - teurs de cha-grins les é - par-gne-ront, I' fra bon vo -

-ler dans les frais bo - ca - ges I' n' front pas la chasse aux pa-pil -

-lons, Pas la chasse aux pa - pil - lons.

1

Un bon petit diable à la fleur de l'âge,
La jambe légère et l'œil polisson,
Et la bouche plein' de joyeux ramages,
Allait à la chasse aux papillons.

2

Comme il atteignait l'oré' du village,
Filant sa quenouille il vit Cendrillon,
Il lui dit : "Bonjour, que Dieu te ménage,
J' t'emmène à la chasse aux papillons."

3

Cendrillon, ravi' de quitter sa cage,
Met sa robe neuve et ses bottillons ;
Et bras d'ssus, bras d'ssous, vers les frais bocages,
Ils vont à la chasse aux papillons.

4

Ils ne savaient pas que sous les ombrages
Se cachait l'amour et son aiguillon ;
Et qu'il transperçait les cœurs de leur âge,
Les cœurs de chasseurs de papillons.

5

Quand il se fit tendre, ell' lui dit : "J' présage
Qu' c'est pas dans les plis de mon cotillon
Ni dans l'échancrure de mon corsage
Qu'on va-t-à la chasse aux papillons."

6

Sur sa bouche en feu qui criait : "Sois sage"
Il posa sa bouche en guis' de bâillon
Et c' fut l' plus charmant des remue-ménage
Qu'on ait vu d' mémoir' de papillon.

7

Un volcan dans l'âme, ils r'vinr'nt au village,
En se promettant d'aller des millions,
Des milliards de fois et mêm' davantage
Ensemble à la chasse aux papillons.

8

Mais tant qu'ils s'aim'ront, tant que les nuages
Porteurs de chagrins les épargneront,
I' f'ra bon voler dans les frais bocages,
I' n' f'ront pas la chasse aux papillons,
Pas la chasse aux papillons.

LA CANE DE JEANNE

Paroles et musique de
Georges BRASSENS

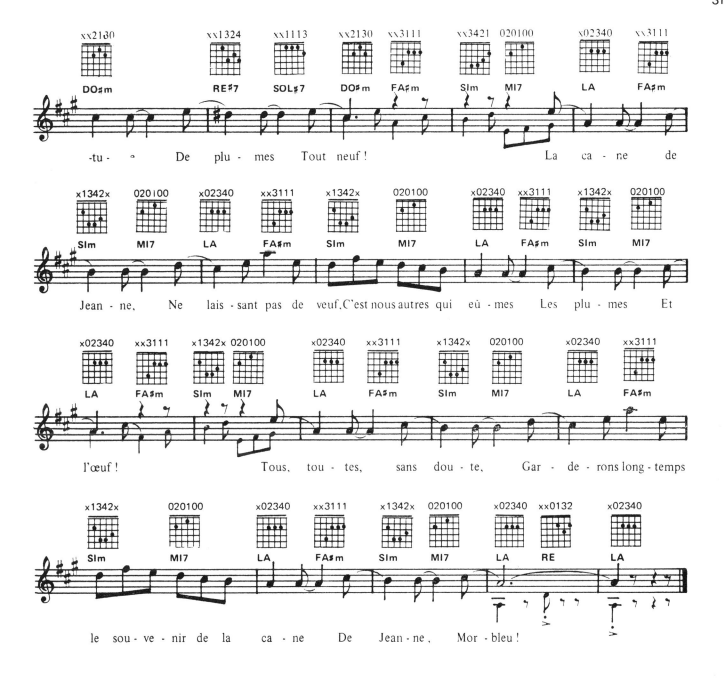

La cane
De Jeanne
Est morte au gui l'an neuf...
Elle avait fait, la veille,
Merveille !
Un œuf.

La cane
De Jeanne
Est morte d'avoir fait,
Du moins on le présume,
Un rhume,
Mauvais !

La cane
De Jeanne
Est morte sur son œuf,
Et dans son beau costume
De plumes,
Tout neuf !

La cane
De Jeanne
Ne laissant pas de veuf,
C'est nous autres qui eûmes
Les plumes,
Et l'œuf !

Tous, toutes,
Sans doute,
Garderons longtemps le
Souvenir de la cane
De Jeanne,
Morbleu !

PAUVRE MARTIN

Paroles et musique de
Georges BRASSENS

E.M.R.V. 1241

Avec une bêche à l'épaule,
Avec, à la lèvre, un doux chant,
Avec, à la lèvre, un doux chant,
Avec, à l'âme, un grand courage,
Il s'en allait trimer aux champs !

Pauvre Martin, pauvre misère,
Creuse la terr', creuse le temps !

Pour gagner le pain de sa vie,
De l'aurore jusqu'au couchant,
De l'aurore jusqu'au couchant,
Il s'en allait bêcher la terre
En tous les lieux, par tous les temps !

Pauvre Martin, pauvre misère,
Creuse la terr', creuse le temps !

Sans laisser voir, sur son visage,
Ni l'air jaloux ni l'air méchant,
Ni l'air jaloux ni l'air méchant,
Il retournait le champ des autres,
Toujours bêchant, toujours bêchant !

Pauvre Martin, pauvre misère,
Creuse la terr', creuse le temps !

Et quand la mort lui a fait signe
De labourer son dernier champ,
De labourer son dernier champ,
Il creusa lui-même sa tombe
En faisant vite, en se cachant...

Pauvre Martin, pauvre misère,
Creuse la terr', creuse le temps !

Il creusa lui-même sa tombe
En faisant vite, en se cachant,
En faisant vite, en se cachant,
Et s'y étendit sans rien dire
Pour ne pas déranger les gens...

Pauvre Martin, pauvre misère,
Dors sous la terr', dors sous le temps !

CORNE D'AUROCHS

Paroles et musique de
Georges BRASSENS

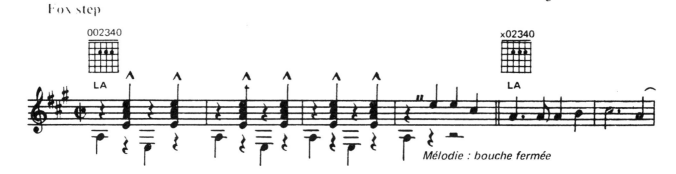

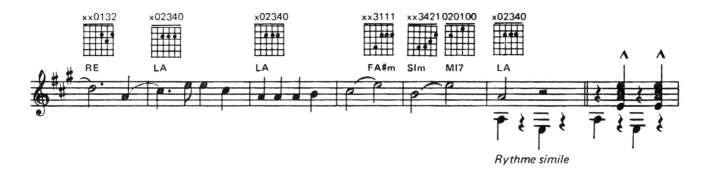

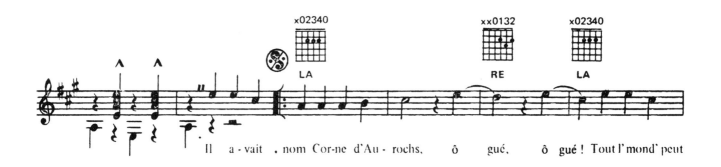

Il a-vait . nom Cor-ne d'Au-rochs, ô gué, ô gué ! Tout l'mond' peut

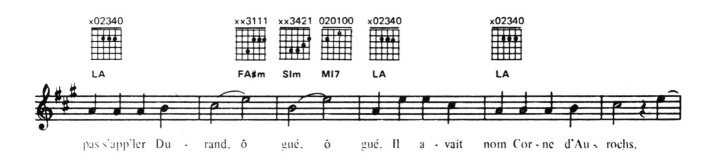

pas s'app'ler Du-rand, ô gué, ô gué. Il a-vait nom Cor-ne d'Au-rochs,

E.M.R.V. 1220

Il avait nom Corne d'Aurochs, ô gué ! ô gué !
Tout l' mond' peut pas s'app'ler Durand, ô gué ! ô gué !
Il avait nom Corne d'Aurochs, ô gué ! ô gué !
Tout l' mond' peut pas s'app'ler Durand, ô gué ! ô gué !

En le regardant avec un œil de poète,
On aurait pu croire, à son frontal de prophète,
Qu'il avait les grand's eaux d' Versailles dans la tête,
Corne d'Aurochs.

Mais que le Bon Dieu lui pardonne, ô gué ! ô gué !
C'étaient celles du robinet ! ô gué ! ô gué !
Mais que le Bon Dieu lui pardonne, ô gué ! ô gué !
C'étaient celles du robinet ! ô gué ! ô gué !

On aurait pu croire, en l' voyant penché sur l'onde,
Qu'il se plongeait dans des méditations profondes
Sur l'aspect fugitif des choses de ce monde...
Corne d'Aurochs.

C'était, hélas ! pour s'assurer, ô gué ! ô gué !
Qu' le vent n' l'avait pas décoiffé, ô gué ! ô gué !
C'était, hélas ! pour s'assurer, ô gué ! ô gué !
Qu' le vent n' l'avait pas décoiffé, ô gué ! ô gué !

Il proclamait à sons de trompe à tous les carrefours :
"Il n'y'a qu' les imbécil's qui sachent bien faire l'amour,
La virtuosité, c'est une affaire de balourds ! "
Corne d'Aurochs.

Il potassait à la chandell', ô gué ! ô gué !
Des traités de maintien sexuel, ô gué ! ô gué !
Et sur les femm's nu's des musé's, ô gué ! ô gué !
Faisait l' brouillon de ses baisers, ô gué ! ô gué !
Petit à petit, ô gué ! ô gué !
On a tout su de lui, ô gué ! ô gué !

On a su qu'il était enfant de la patrie ...
Qu'il était incapable de risquer sa vie
Pour cueillir un myosotis à une fille,
Corne d'Aurochs.

Qu'il avait un petit cousin, ô gué ! ô gué !
Haut placé chez les argousins, ô gué ! ô gué !
Et que les jours de pénuri', ô gué ! ô gué !
Il prenait ses repas chez lui, ô gué ! ô gué !

C'est même en revenant d' chez cet antipathique,
Qu'il tomba victim' d'une indigestion critique
Et refusa l' secours de la thérapeutique,
Corne d'Aurochs.

Parc' que c'était à un All'mand, ô gué ! ô gué !
Qu'on devait le médicament, ô gué ! ô gué !
Parc' que c'était à un All'mand, ô gué ! ô gué !
Qu'on devait le médicament, ô gué ! ô gué !

Il rendit comme il put son âme machinale,
Et sa vi' n'ayant pas été originale,
L'Etat lui fit des funérailles nationales...
Corne d'Aurochs.

Alors sa veuve en gémissant, ô gué ! ô gué !
Coucha-z-avec son remplaçant, ô gué ! ô gué !   *(bis)*

IL N'Y A PAS D'AMOUR HEUREUX

Poème de
ARAGON

Musique de
Georges **BRASSENS**

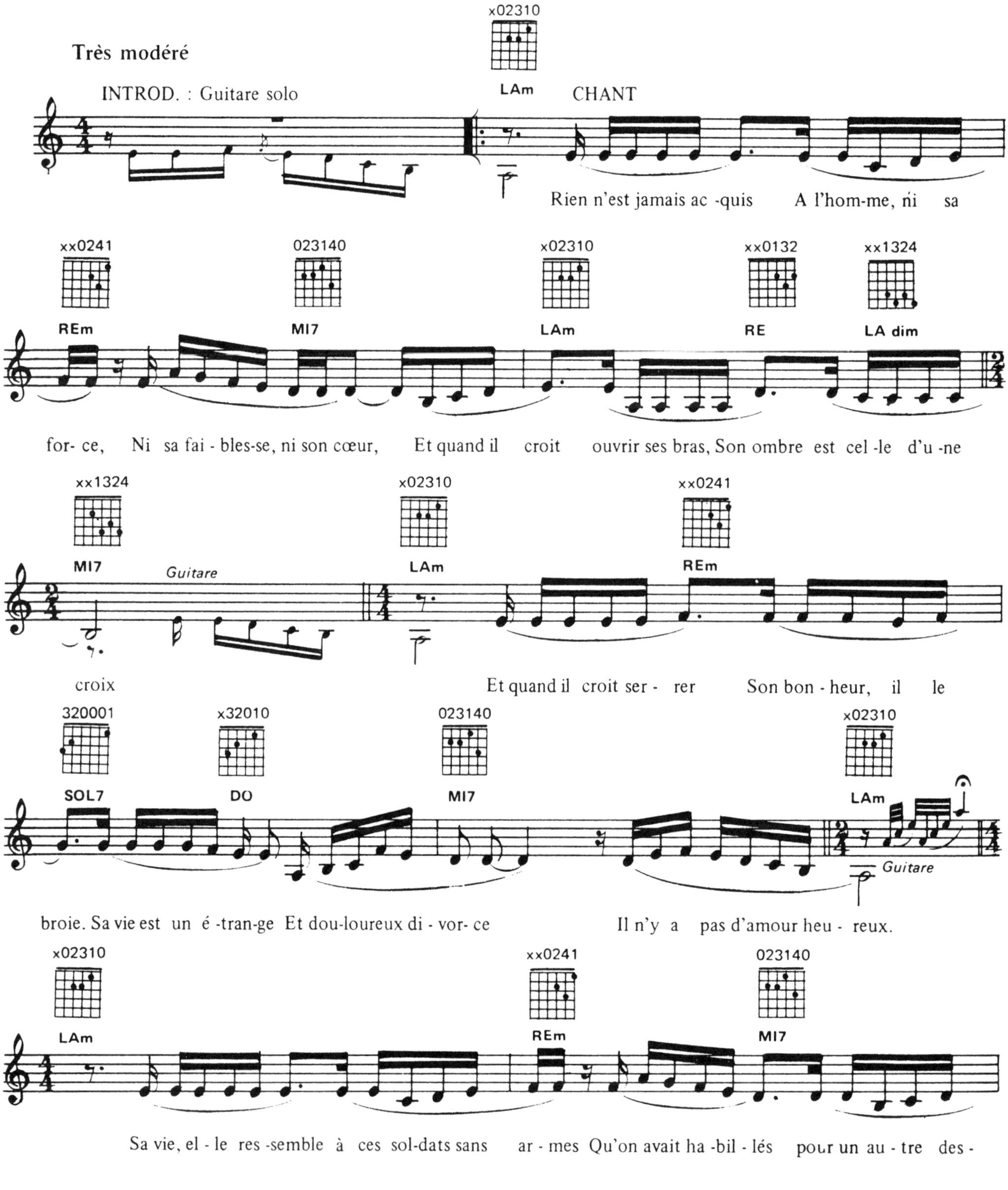

Très modéré

INTROD. : Guitare solo — LAm — CHANT

Rien n'est jamais ac -quis A l'hom-me, ni sa

REm MI7 LAm RE LA dim

for- ce, Ni sa fai -bles-se, ni son cœur, Et quand il croit ouvrir ses bras, Son ombre est cel -le d'u -ne

MI7 Guitare LAm REm

croix Et quand il croit ser - rer Son bon - heur, il le

SOL7 DO MI7 LAm Guitare

broie. Sa vie est un é -tran-ge Et dou-loureux di - vor- ce Il n'y a pas d'amour heu - reux.

LAm REm MI7

Sa vie, el - le res -semble à ces sol-dats sans ar -mes Qu'on avait ha -bil -lés pour un au -tre des-

2e fois al Coda

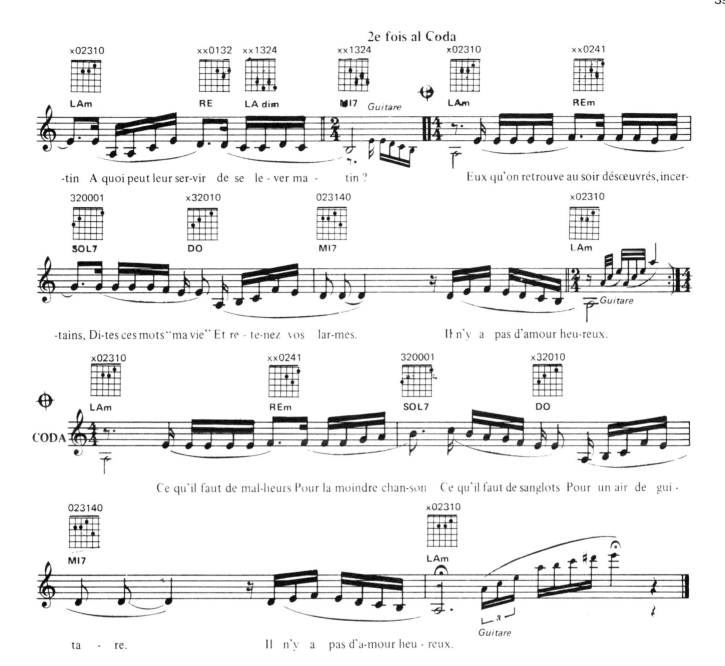

-tin A quoi peut leur ser-vir de se le - ver ma -   tin ?   Eux qu'on retrouve au soir désœuvrés, incer-

-tains, Di-tes ces mots"ma vie" Et re - te-nez vos   lar-mes.   Il n'y a pas d'amour heu-reux.

Ce qu'il faut de mal-heurs Pour la moindre chan-son   Ce qu'il faut de sanglots Pour un air de gui-

ta - re.   Il n'y a   pas d'a-mour heu - reux.

40

Rien n'est jamais acquis à l'homme Ni sa force
Ni sa faiblesse ni son cœur Et quand il croit
Ouvrir ses bras son ombre est celle d'une croix
Et quand il croit serrer son bonheur il le broie
Sa vie est un étrange et douloureux divorce
    Il n'y a pas d'amour heureux.

Sa vie Elle ressemble à ces soldats sans armes
Qu'on avait habillés pour un autre destin
A quoi peut leur servir de se lever matin
Eux qu'on retrouve au soir désœuvrés incertains
Dites ces mots Ma vie Et retenez vos larmes
    Il n'y a pas d'amour heureux.

Mon bel amour mon cher amour ma déchirure
Je te porte dans moi comme un oiseau blessé
Et ceux-là sans savoir nous regardent passer
Répétant après moi les mots que j'ai tressés
Et qui pour tes grands yeux tout aussitôt moururent
    Il n'y a pas d'amour heureux.

Le temps d'apprendre à vivre il est déjà trop tard
Que pleurent dans la nuit nos cœurs à l'unisson
Ce qu'il faut de malheur pour la moindre chanson
Ce qu'il faut de regrets pour payer un frisson
Ce qu'il faut de sanglots pour un air de guitare
    Il n'y a pas d'amour heureux.

JE ME SUIS FAIT TOUT PETIT

Paroles et musique de
Georges BRASSENS

Je n'a-vais ja-mais ò-té mon cha-peau —— De - vant per - son - ne ——

42

1

Je n'avais jamais ôté mon chapeau
     Devant personne.
Maintenant je rampe et je fais le beau
     Quand ell' me sonne.
J'étais chien méchant, ell' me fait manger
     Dans sa menotte.
J'avais des dents d' loup, je les ai changées
     Pour des quenottes !
    REFRAIN
Je m' suis fait tout p'tit devant un' poupée
Qui ferm' les yeux quand on la couche,
Je m' suis fait tout p'tit devant un' poupée
Qui fait "maman" quand on la touche.

2

J'étais dur à cuire, ell' m'a converti,
     La fine mouche,
Et je suis tombé tout chaud, tout rôti
     Contre sa bouche
Qui a des dents de lait quand elle sourit,
     Quand elle chante,
Et des dents de loup, quand elle est furie,
     Qu'elle est méchante.
    (au Refrain)

3

Je subis sa loi, je file tout doux
     Sous son empire,
Bien qu'ell' soit jalouse au-delà de tout
     Et même pire.
Un' jolie pervench' qui m'avait paru
     Plus jolie qu'elle,
Un' jolie pervenche un jour en mourut
     A coups d'ombrelle.
    (au Refrain)

4

Tous les somnambules, tous les mages m'ont
     Dit sans malice
Qu'en ses bras en croix, je subirai mon
     Dernier supplice.
Il en est de pir's, il en est d' meilleurs
     Mais à tout prendre,
Qu'on se pende ici, qu'on se pende ailleurs,
     S'il faut se pendre.
    (au Refrain)

BALLADE DES DAMES DU TEMPS JADIS

Poème de
François VILLON

Musique de
Georges BRASSENS

Moderato

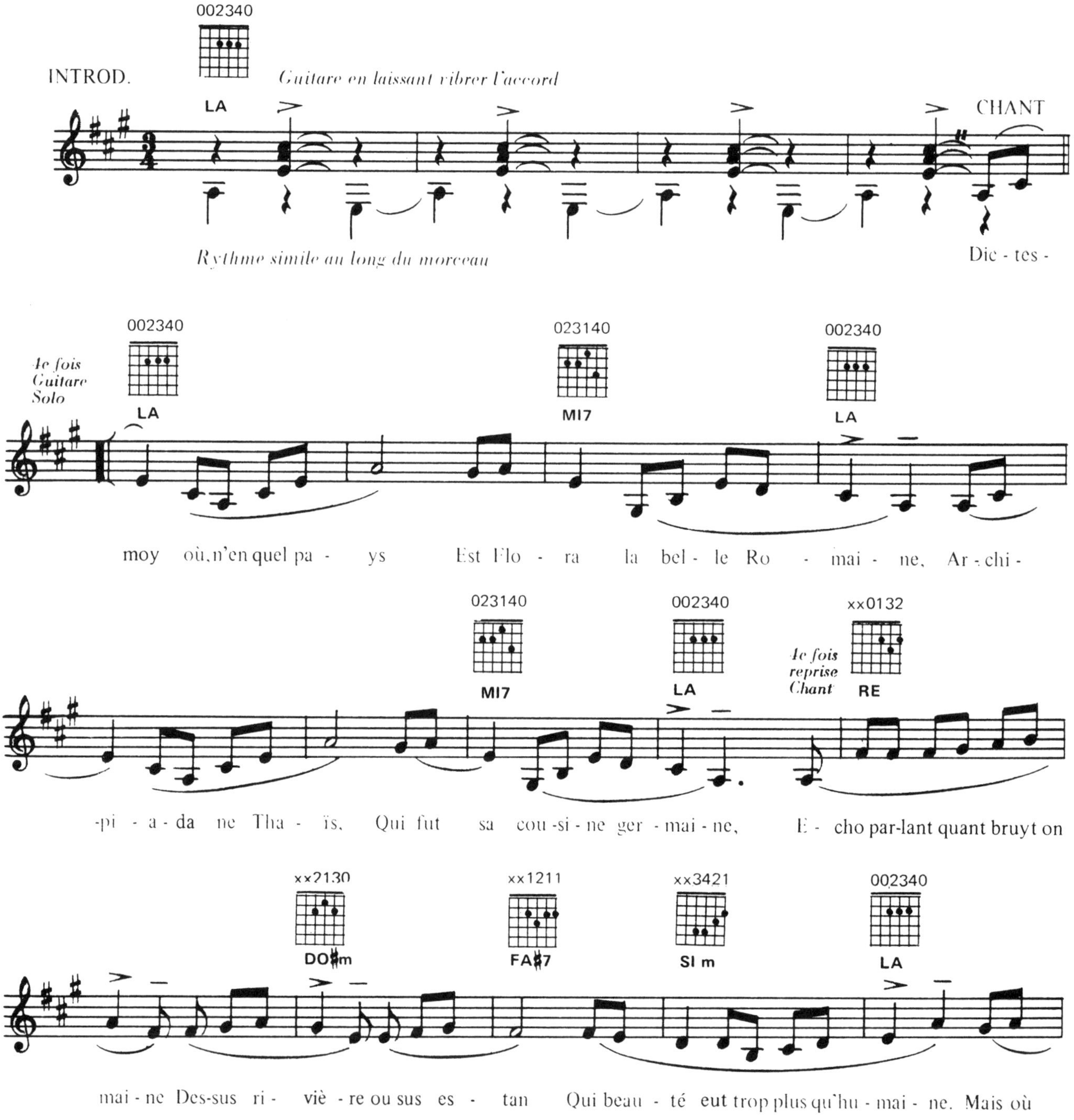
INTROD.
002340
LA
Guitare en laissant vibrer l'accord
CHANT
Rythme simile au long du morceau
Dic - tes -
1e fois Guitare Solo
002340
LA
023140
MI7
002340
LA
moy où, n'en quel pa - ys Est Flo - ra la bel - le Ro - mai - ne, Ar - chi -
023140
MI7
002340
LA
1e fois reprise Chant
xx0132
RE
-pi - a - da ne Tha - ïs, Qui fut sa cou - si - ne ger - mai - ne, E - cho par-lant quant bruyt on
xx2130
DO#m
xx1211
FA#7
xx3421
SI m
002340
LA
mai - ne Des-sus ri - viè - re ou sus es - tan Qui beau - té eut trop plus qu'hu - mai - ne. Mais où

E.M.R.V. 1275

Dictes-moy où, n'en quel pays,
Est Flora, la belle Romaine ;
Archipiada, ne Thaïs,
Qui fut sa cousine germaine ;
Echo, parlant quand bruyt on maine
Dessus rivière ou sus estan,
Qui beauté eut trop plus qu'humaine ?
Mais où sont les neiges d'antan !

Où est la très sage Héloïs,
Pour qui fut chastré* et puis moyne
Pierre Esbaillart à Sainct-Denys ?
Pour son amour eut cest essoyne.
Semblablement, où est la royne
Qui commanda que Buridan
Fust gecté en ung sac en Seiné ?
Mais où sont les neiges d'antan !

La royne Blanche comme ung lys,
Qui chantoit à voix de sereine,
Berthe au grand pied, Bietris, Allys ;
Harembourges, qui tint le Mayne,
Et Jehanne, la bonne Lorraine.
Qu'Anglois bruslèrent à Rouen ;
Où sont-ils, Vierge souveraine ? ...
Mais où sont les neiges d'antan !

Prince, n'enquerez de sepmaine
Où elles sont, ne de cest an,
Que ce refrain ne vous remaine :
Mais où sont les neiges n'antan !

*Variante G. B. : chastré fut.

MARINETTE

Paroles et musique de
Georges BRASSENS

Allegro moderato

INTROD ... CHANT

RE RE#dim MIm7 LA7 RE RE#dim MIm7 LA7

3 fois

1. Quand

RE

j'ai cou-ru chan-ter ma p'tit' chan-son pour Ma-ri - net-te, La

RE7

bel - le, la traî-tresse é-tait al - lée à l'O-pé - ra. À-

SOL LA7 RE SI7 MIm

-vec ma p'tit' chan - son, j'a-vais l'air d'un con, ma mè - re, A - vec ma p'tit' chan-

LA7 RE RE#dim MIm LA7 RE RE#dim MIm LA7

-son j'a-vais l'air d'un con.

Quand

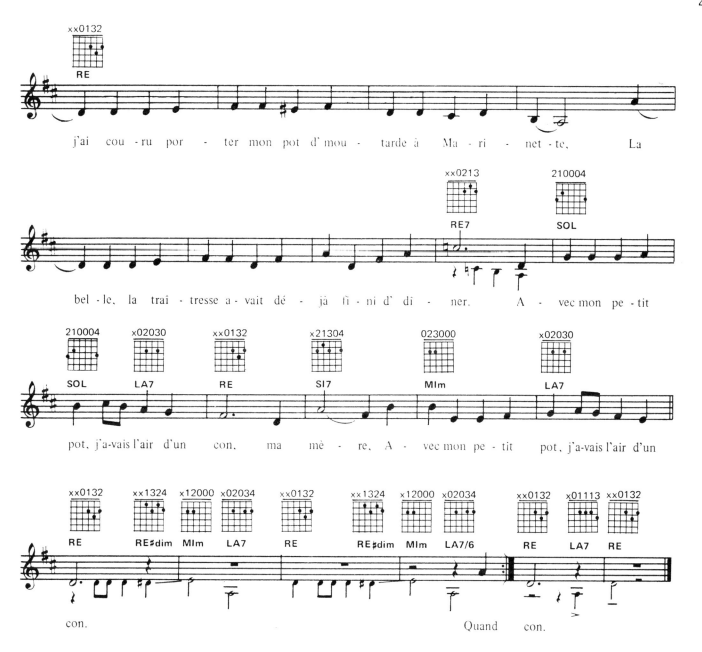

Quand j'ai couru chanter ma p'tit' chanson pour Marinette,
La belle, la traîtresse était allée à l'Opéra...
Avec ma p'tit' chanson, j'avais l'air d'un con, ma mère,
Avec ma p'tit' chanson, j'avais l'air d'un con.

Quand j'ai couru porter mon pot d' moutarde à Marinette,
La belle, la traîtresse avait déjà fini d' dîner...
Avec mon petit pot, j'avais l'air d'un con, ma mère,
Avec mon petit pot, j'avais l'air d'un con.

48

Quand j'offris pour étrenn's un' bicyclette à Marinette,
La belle, la traîtresse avait acheté une auto...
Avec mon p'tit vélo, j'avais l'air d'un con, ma mère,
Avec mon p'tit vélo, j'avais l'air d'un con.

Quand j'ai couru tout chose au rendez-vous de Marinette,
La bell' disait : " j' t'adore" à un sal' typ' qui l'embrassait...
Avec mon bouquet d' fleurs, j'avais l'air d'un con, ma mère,
Avec mon bouquet d'fleurs, j'avais l'air d'un con. .

Quand j'ai couru brûler la p'tit' cervelle à Marinette,
La belle était déjà morte d'un rhume mal placé ...
Avec mon révolver, j'avais l'air d'un con, ma mère,
Avec mon révolver, j'avais l'air d'un con.

Quand j'ai couru, lugubre, à l'enterr'ment de Marinette,
La belle, la traîtresse était déjà ressuscitée ...
Avec ma p'tit' couronn', j'avais l'air d'un con, ma mère,
Avec ma p'tit' couronn', j'avais l'air d'un con.

50

PHOTO PHONOGRAM
CLAUDE DELORME

54

LA MAUVAISE HERBE

Paroles et musique de
Georges BRASSENS

INTRODUCTION : Guitares

Lento

RE SIm MIm LA7 RE SIm MIm LA7 CHANT

Quand

(Rythme simile)

RE MIm LA7 RE SIm SOL LA7 RE

l' jour de gloire est ar - ri - vé, Comm' tous les autr's é - taient cre - vés,

RE7 SOL FA#7 SIm SOL MI9 LA7

Moi seul con - nus le déshon-neur De n' pas êtr' mort au champ d'hon-

REm

Più vivo subito (step)

-heur. Je

REFRAIN

REm LA7

suis d' la mau - vaise her - be, Bra - ves gens, bra - ves gens, C'est pas moi qu'on ru -

Quand l' jour de gloire est arrivé,
Comm' tous les autr's étaient crevés,
Moi seul connus le déshonneur
De n' pas êtr' mort au champ d'honneur.

Je suis d' la mauvaise herbe,
Braves gens, braves gens,
C'est pas moi qu'on rumine
Et c'est pas moi qu'on met en gerbe...
La mort faucha les autres,
Braves gens, braves gens,
Et me fit grâce à moi,
C'est immoral et c'est comm' ça !
La la la la la la la la
La la la la la la la la
Et je m' demand'
Pourquoi, Bon Dieu,
Ça vous dérange } *bis*
Que j' vive un peu...

La fille à tout l' monde a bon cœur,
Ell' me donne, au petit bonheur,
Les p'tits bouts d' sa peau, bien cachés,
Que les autres n'ont pas touchés.

Je suis d' la mauvaise herbe,
Braves gens, braves gens,
C'est pas moi qu'on rumine
Et c'est pas moi qu'on met en gerbe...
Elle se vend aux autres,
Braves gens, braves gens,
Elle se donne à moi,
C'est immoral et c'est comm' ça !
La la la la la la la la
La la la la la la la la
Et je m' demand'
Pourquoi, Bon Dieu,
Ça vous dérange } *bis*
Qu'on m'aime un peu...

Les hommes sont faits, nous dit-on,
Pour vivre en band', comm' les moutons.
Moi, j' vis seul, et c'est pas demain
Que je suivrai leur droit chemin.

Je suis d' la mauvaise herbe,
Braves gens, braves gens,
C'est pas moi qu'on rumine
Et c'est pas moi qu'on met en gerbe...
Je suis d' la mauvaise herbe,
Braves gens, braves gens,
Je pousse en liberté
Dans les jardins mal fréquentés !
La la la la la la la la
La la la la la la la la
Et je m' demand'
Pourquoi, Bon Dieu,
Ça vous dérange } *bis*
Que j' vive un peu...

LE TESTAMENT

Paroles et musique de
Georges BRASSENS

E.M.R.V. 1296

60

1

Je serai triste comme un saule
Quand le Dieu qui partout me suit
Me dira, la main sur l'épaule :
"Va-t-en voir là-haut si j'y suis ! "
Alors du ciel et de la terre
Il me faudra faire mon deuil
Est-il encor debout, le chêne
Ou le sapin de mon cercueil ?
Est-il encor debout, le chêne
Ou le sapin de mon cercueil ?

2

S'il faut aller au cimetière
J' prendrai le chemin le plus long
J' ferai la tombe buissonnière
J' quitt'rai la vie à reculons
Tant pis si les croqu'-morts me grondent
Tant pis s'ils me croient fou à lier
Je veux partir pour l'autre monde
Par le chemin des écoliers,
Je veux partir pour l'autre monde
Par le chemin des écoliers.

3

Avant d'aller conter fleurette
Aux belles âmes des damnées
Je rêv' d'encore une amourette
Je rêv' d'encor' m'enjuponner
Encore un' fois dire "je t'aime"
Encore un' fois perdre le nord
En effeuillant le chrysanthème
Qui est la marguerite des morts,
En effeuillant le chrysanthème
Qui est la marguerite des morts.

4

Dieu veuill' que ma veuve s'alarme
En enterrant son compagnon,
Et qu' pour lui fair' verser des larmes
Il n'y ait pas besoin d'oignon...
Qu'elle prenne en secondes noces
Un époux de mon acabit :
Il pourra profiter d' mes bottes,
Et d' mes pantoufl's et d' mes habits.
Il pourra profiter d' mes bottes,
Et d' mes pantoufl's et d' mes habits.

5

Qu'il boiv' mon vin, qu'il aim' ma femme,
Qu'il fum' ma pipe et mon tabac,
Mais que jamais, mort de mon âme,
Jamais il ne fouette mes chats.
Quoique je n'ai' pas un atome,
Une ombre de méchanceté,
S'il fouett' mes chats, y a un fantôme
Qui viendra le persécuter,
S'il fouett' mes chats, y a un fantôme
Qui viendra le persécuter.

6

Ici gît une feuille morte,
Ici finit mon testament.
On a marqué dessus ma porte :
"Fermé pour caus' d'enterrement"
J'ai quitté la vie sans rancune
J'aurai plus jamais mal aux dents
Me v'là dans la fosse commune,
La fosse commune du temps,
Me v'là dans la fosse commune,
La fosse commune du temps !

DANS L'EAU DE LA CLAIRE FONTAINE

Paroles et musique de
Georges BRASSENS

EM 57 - 140

63

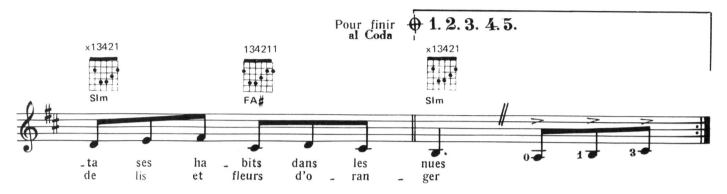

Pour finir al Coda ⊕ **1. 2. 3. 4. 5.**

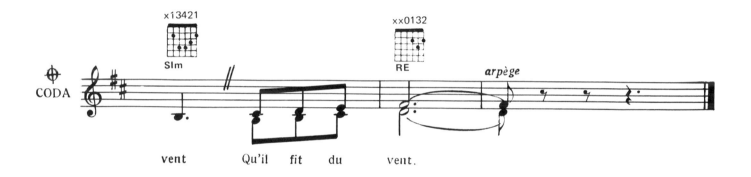

CODA ⊕

vent   Qu'il fit du vent.

1. Dans l'eau de la claire fontaine
Elle se baignait toute nue.
Une saute de vent soudaine
Jeta ses habits dans les nues.

2. En détresse, elle me fit signe,
Pour la vêtir, d'aller chercher
Des monceaux de feuilles de vigne,
Fleurs de lis ou fleurs d'oranger.

3. Avec des pétales de roses,
Un bout de corsage lui fis.
La belle n'était pas bien grosse :
Une seule rose a suffi.

4. Avec le pampre de la vigne,
Un bout de cotillon lui fis.
Mais la belle était si petite
Qu'une seule feuille a suffi.

5. Ell' me tendit ses bras, ses lèvres,
Comme pour me remercier...
Je les pris avec tant de fièvre
Qu'ell' fut toute déshabillée.

6. Le jeu dut plaire à l'ingénue,
Car à la fontaine, souvent,
Ell' s'alla baigner toute nue
En priant Dieu qu'il fît du vent,
Qu'il fît du vent...

LA COMPLAINTE DES FILLES DE JOIE

Paroles et musique de
Georges **BRASSENS**

1. Bien que ces vaches de bourgeois *(bis)*
   Les appell'nt des filles de joi' *(bis)*
   C'est pas tous les jours qu'ell' rigolent,
   Parole, parole,
   C'est pas tous les jours qu'ell's rigolent.

2. Car, même avec des pieds de grues, *(bis)*
   Fair' les cent pas le long des rues *(bis)*
   C'est fatigant pour les guibolles,
   Parole, parole,
   C'est fatigant pour les guibolles.

3. Non seulement ell's ont des cors, *(bis)*
   Des œils-de-perdrix, mais encor *(bis)*
   C'est fou ce qu'ell's usent de grolles,
   Parole, parole,
   C'est fou ce qu'ell's usent de grolles.

4. Y' a des clients, y' a des salauds *(bis)*
   Qui se trempent jamais dans l'eau. *(bis)*
   Faut pourtant qu'elles les cajolent,
   Parole, parole,
   Faut pourtant qu'elles les cajolent.

5. Qu'ell's leur fassent la courte échell' *(bis)*
   Pour monter au septième ciel. *(bis)*
   Les sous, croyez pas qu'ell's les volent,
   Parole, parole,
   Les sous, croyez pas qu'ell's les volent.

6. Ell's sont méprisé's du public, *(bis)*
   Ell's sont bousculé's par les flics, *(bis)*
   Et menacé's de la vérole,
   Parole, parole,
   Et menacé's de la vérole.

7. Bien qu' tout' la vie ell's fass'nt l'amour, *(bis)*
   Qu'ell's se marient vingt fois par jour, *(bis)*
   La noce est jamais pour leur fiole,
   Parole, parole,
   La noce est jamais pour leur fiole.

8. Fils de pécore et de minus, *(bis)*
   Ris pas de la pauvre Vénus, *(bis)*
   La pauvre vieille casserole,
   Parole, parole,
   La pauvre vieille casserole.

9. Il s'en fallait de peu, mon cher, *(bis)*
   Que cett' putain ne fût ta mère, *(bis)*
   Cette putain dont tu rigoles,
   Parole, parole,
   Cette putain dont tu rigoles.

LES TROMPETTES DE LA RENOMMÉE

Paroles et musique de
Georges BRASSENS

même rythme tout au long du morceau

(1) Je vi_vais à l'é_cart de la pla_ce pu_bli_que Se _ rein con_tem_pla_tif té _ né_breux bu_co _ li _ que Re _ fu_sant d'ac_quit_ter la ran_çon de la gloir' Sur mon brin de lau _ rier je dor _ mais comme un loir Les gens de bon con _ seil ont su me fair' com_pren_dre Qu'à l'homme de la rue j'a _ vais des compt's à ren _ dre Et que sous pein' de choir dans un ou_bli com _ plet J'de_vais mettre au grand jour tous mes pe _ tits se _ crets Trom pet _ tes De

EM 57 - 145

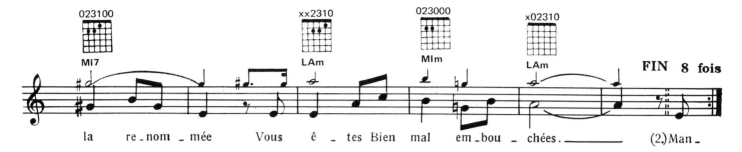

la re_nom_mée Vous ê_tes Bien mal em_bou_chées. _____ (2.)Man_

1. Je vivais à l'écart de la place publique,
   Serein, contemplatif, ténébreux, bucolique...
   Refusant d'acquitter la rançon de la gloir',
   Sur mon brin de laurier je dormais comme un loir.
   Les gens de bon conseil ont su me fair' comprendre
   Qu'à l'homme de la ru' j'avais des compt's à rendre
   Et que, sous pein' de choir dans un oubli complet,
   J' devais mettre au grand jour tous mes petits secrets.

   Refrain

   Trompettes
   De la Renommée,
   Vous êtes
   Bien mal embouchées !

2. Manquant à la pudeur la plus élémentaire,
   Dois-je, pour les besoins d' la caus' publicitaire,
   Divulguer avec qui et dans quell' position
   Je plonge dans le stupre et la fornication ?
   Si je publi' des noms, combien de Pénélopes
   Passeront illico pour des fieffé's salopes,
   Combien de bons amis me r'gard'ront de travers,
   Combien je recevrai de coups de revolver !

3. A toute exhibition ma nature est rétive,
   Souffrant d'un' modesti' quasiment maladive,
   Je ne fais voir mes organes procréateurs
   A personne, excepté mes femm's et mes docteurs.
   Dois-je, pour défrayer la chroniqu' des scandales,
   Battre l' tambour avec mes parti's génitales,
   Dois-je les arborer plus ostensiblement,
   Comme un enfant de chœur porte un saint sacrement ?

4. Une femme du monde, et qui souvent me laisse
   Fair' mes quat' voluptés dans ses quartiers d' noblesse,
   M'a sournois'ment passé, sur son divan de soi',
   Des parasit's du plus bas étage qui soit...
   Sous prétexte de bruit, sous couleur de réclame,
   Ai-j' le droit de ternir l'honneur de cette dame
   En criant sur les toits et sur l'air des lampions :
   "Madame la marquis' m'a foutu des morpions ?"

5. Le ciel en soit loué, je vis en bonne entente
   Avec le Pèr' Duval, la calotte chantante,
   Lui, le catéchumène, et moi, l'énergumèn',
   Il me laiss' dire *merd'*, je lui laiss' dire *amen*,
   En accord avec lui, dois-je écrir' dans la presse
   Qu'un soir je l'ai surpris aux genoux d' ma maîtresse,
   Chantant la mélopé' d'une voix qui susurre,
   Tandis qu'ell' lui cherchait des poux dans la tonsure ?

6. Avec qui, ventrebleu ! faut-il donc que je couche
   Pour fair' parler un peu la déesse aux cents bouches ?
   Faut-il qu'un' femm' célèbre, une étoile, une star,
   Vienn' prendre entre mes bras la plac' de ma guitar'?
   Pour exciter le peuple et les folliculaires,
   Qui'est-c' qui veut me prêter sa croupe populaire,
   Qui'est-c' qui veut m' laisser faire, *in naturalibus*,
   Un p'tit peu d'alpinism' sur son mont de Vénus ?

7. Sonneraient-ell's plus fort, ces divines trompettes,
   Si, comm' tout un chacun, j'étais un peu tapette,
   Si je me déhanchais comme une demoiselle
   Et prenais tout à coup des allur's de gazelle ?
   Mais je ne sache pas qu' ça profite à ces drôles
   De jouer le jeu d' l'amour en inversant les rôles,
   Qu' ça confère à leur gloire une on' de plus-valu',
   Le crim' pédérastique aujourd'hui ne pai' plus.

8. Après c' tout d'horizon des mille et un' recettes
   Qui vous val'nt à coup sûr les honneurs des gazettes,
   J'aime mieux m'en tenir à ma premièr' façon
   Et me gratter le ventre en chantant des chansons.
   Si le public en veut, je les sors dare-dare,
   S'il n'en veut pas, je les remets dans ma guitare.
   Refusant d'acquitter là rançon de la gloir',
   Sur mon brin de laurier, je m'endors comme un loir.

LES AMOURS D'ANTAN

Paroles et musique de
Georges BRASSENS

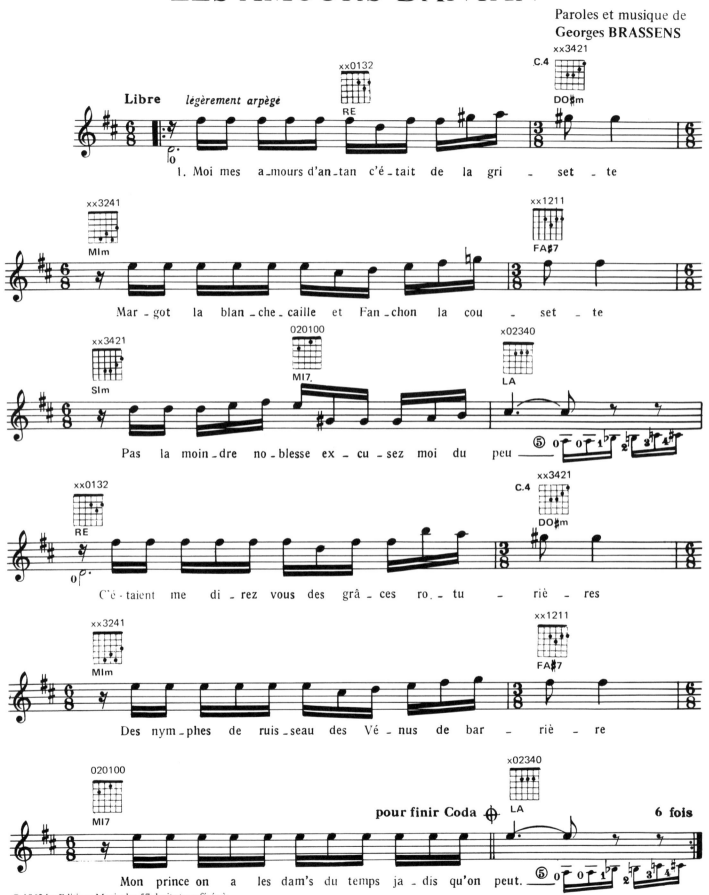

1. Moi mes a-mours d'an-tan c'é-tait de la gri - set - te

Mar - got la blan-che-caille et Fan-chon la cou - set - te

Pas la moin-dre no - blesse ex - cu-sez moi du peu

C'é - taient me di - rez vous des grâ - ces ro - tu - riè - res

Des nym - phes de ruis-seau des Vé - nus de bar - riè - re

pour finir Coda

Mon prince on a les dam's du temps ja - dis qu'on peut.

6 fois

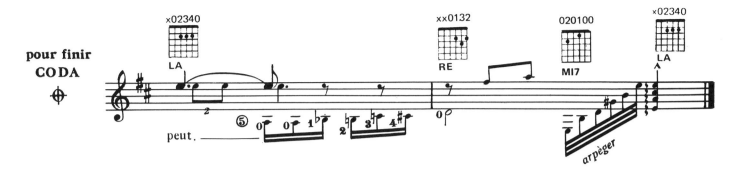

1. Moi, mes amours d'antan c'était de la grisette :
   Margot, la blanche caille, et Fanchon, la cousette...
   Pas la moindre noblesse, excusez-moi du peu,
   C'étaient, me direz-vous, des grâces roturières,
   Des nymphes de ruisseau, des Vénus de barrière...
   Mon prince, on a les dam's du temps jadis qu'on peut...

2. Car le cœur à vingt ans se pose où l'œil se pose,
   Le premier cotillon venu vous en impose,
   La plus humble bergère est un morceau de roi.
   Ça manquait de marquise, on connut la soubrette,
   Faute de fleur de lys on eut la pâquerette,
   Au printemps Cupidon fait flèche de tout bois...

3. On rencontrait la belle aux Puces, le dimanche :
   "Je te plais, tu me plais..." et c'était dans la manche,
   Et les grands sentiments n'étaient pas de rigueur.
   "Je te plais, tu me plais... Viens donc, beau militaire..."
   Dans un train de banlieue on partait pour Cythère,
   On n'était pas tenu mêm' d'apporter son cœur...

4. Mimi, de prime abord, payait guère de mine,
   Chez son fourreur sans doute on ignorait l'hermine,
   Son habit sortait point de l'atelier d'un dieu...
   Mais quand, par-dessus le moulin de la Galette,
   Elle jetait pour vous sa parure simplette,
   C'est Psyché tout entièr' qui vous sautait aux yeux.

5. Au second rendez-vous y' avait parfois personne,
   Elle avait fait faux bond, la petite amazone,
   Mais l'on ne courait pas se pendre pour autant...
   La marguerite commencée avec Suzette,
   On finissait de l'effeuiller avec Lisette
   Et l'amour y trouvait quand même son content.

6. C'étaient, me direz-vous, des grâces roturières,
   Des nymphes de ruisseau, des Vénus de barrière,
   Mais c'étaient mes amours, excusez-moi du peu,
   Des Manon, des Mimi, des Suzon, des Musette,
   Margot, la blanche caille, et Fanchon, la cousette,
   Mon prince, on a les dam's du temps jadis qu'on peut...

LES COPAINS D'ABORD

Paroles et musique de
Georges **BRASSENS**

Reprise 7 fois et Coda

FIN

CODA

au 𝄋

2. Ses fluc_tu
3. C'é_taient pas
4. C'é_taient pas
5. Au moin_dre
6. Au ren_dez
7. Des ba_teaux

Chorus bouche fermée
*Style trompette bouchée en **FA***
et répétition reprise du
*7ème refrain en **RÉ***

1. Non, ce n'était pas le radeau
   De la *Méduse*, ce bateau,
   Qu'on se le dise au fond des ports,
   Dise au fond des ports,
   Il naviguait en pèr' peinard,
   Sur la grand-mare des canards,
   Et s'app'lait *les Copains d'abord,*
   Les Copains d'abord.

2. Ses "fluctuat nec mergitur"
   C'était pas d' la littératur',
   N'en déplaise aux jeteurs de sort,
   Aux jeteurs de sort,
   Son capitaine et ses mat'lots
   N'étaient pas des enfants d' salauds,
   Mais des amis franco de port,
   Des copains d'abord.

3. C'étaient pas des amis de lux',
   Des petits Castor et Pollux,
   Des gens de Sodome et Gomorrh',
   Sodome et Gomorrh',
   C'étaient pas des amis choisis
   Par Montaigne et La Boéti',
   Sur le ventre ils se tapaient fort,
   Les copains d'abord.

4. C'étaient pas des anges non plus,
   L'Evangile, ils l'avaient pas lu,
   Mais ils s'aimaient tout's voil's dehors,
   Toutes voil's dehors,
   Jean, Pierre, Paul et compagnie,
   C'était leur seule litanie,
   Leur *Credo*, leur *Confiteor*,
   Aux copains d'abord.

5. Au moindre coup de Trafalgar,
   C'est l'amitié qui prenait l' quart,
   C'est ell' qui leur montrait le nord,
   Leur montrait le nord.
   Et quand ils étaient en détress',
   Qu' leurs bras lançaient des S.O.S.,
   On aurait dit des sémaphores,
   Les copains d'abord.

6. Au rendez-vous des bons copains
   Y' avait pas souvent de lapins,
   Quand l'un d'entre eux manquait à bord,
   C'est qu'il était mort.
   Oui, mais jamais, au grand jamais,
   Son trou dans l'eau n' se refermait,
   Cent ans après, coquin de sort !
   Il manquait encor.

7. Des bateaux, j'en ai pris beaucoup,
   Mais le seul qui'ait tenu le coup,
   Qui n'ait jamais viré de bord,
   Mais viré de bord,
   Naviguait en père peinard
   Sur la grand-mare des canards
   Et s'app'lait *les Copains d'abord,*
   Les Copains d'abord.   } *bis*

LE PETIT JOUEUR DE FLÛTEAU

Paroles et musique de
Georges BRASSENS

accords légèrement arpégés sur chaque temps

1. Le pe - tit jou - eur de flû - teau _____ Me - nait la mu -
2. Et mon pau - vre pe - tit clo - cher _____ Me sem - ble - rait

_ sique au châ - teau _____ Pour la grâ - ce de ses chan - sons _____
trop bas per - ché _____ Je ne plie - rais plus les ge - noux _____

_____ Le roi lui of - frit un bla - son Je ne veux pas _____ ê - tre
_____ De - vant le Bon Dieu de chez nous Il fau - drait à _____ ma grande

no - ble _____ Ré - pon - dit le _____ Cro - que no - te _____ A - vec
â - me _____ Tous les saints de _____ No - tre Da - me _____ A - vec

EM 57 - 158

un bla-son à la clé Mon "La" se met-trait à gon-
un é-vêque à la clé Mon "La" se met-trait à gon-

-fler _____ On di-rait par-tout le pa-ys _____ Le jou-
-fler _____ On di-rait par-tout le pa-ys _____ Le jou-

-eur de flûte a tra-hi. _____ 6 fois
-eur de flûte a tra-hi. _____

1. Le petit joueur de flûteau
   Menait la musique au château.
   Pour la grâce de ses chansons
   Le roi lui offrit un blason.
   "Je ne veux pas être noble,
   Répondit le croque-note,
   Avec un blason à la clé,
   Mon "la" se mettrait à gonfler,
   On dirait, par tout le pays,
   "Le joueur de flûte a trahi",

2. "Et mon pauvre petit clocher
   Me semblerait trop bas perché,
   Je ne plierais plus les genoux
   Devant le Bon Dieu de chez nous,
   Il faudrait à ma grande âme
   Tous les saints de Notre-Dame,
   Avec un évêque à la clé,
   Mon "la" se mettrait à gonfler,
   On dirait, par tout le pays,
   "Le joueur de flûte a trahi",

3. "Et la chambre où j'ai vu le jour
   Me serait un triste séjour,
   Je quitterais mon lit mesquin
   Pour une couche à baldaquin,
   Je changerais ma chaumière
   Pour une gentilhommière,
   Avec un manoir à la clé,
   Mon "la" se mettrait à gonfler,
   On dirait, par tout le pays,
   "Le joueur de flûte a trahi",

4. "Je serais honteux de mon sang,
   Des aïeux de qui je descends,
   On me verrait bouder dessus
   La branche dont je suis issu,
   Je voudrais un magnifique
   Arbre généalogique,
   Avec du sang bleu à la clé,
   Mon "la" se mettrait à gonfler,
   On dirait, par tout le pays,
   "Le joueur de flûte a trahi",

5. "Je ne voudrais plus épouser
   Ma promise, ma fiancée,
   Je ne donnerais pas mon nom
   A une quelconque Ninon,
   Il me faudrait pour compagne
   La fille d'un grand d'Espagne,
   Avec un' princesse à la clé,
   Mon "la" se mettrait à gonfler,
   On dirait, par tout le pays,
   "Le joueur de flûte a trahi."

6. Le petit joueur de flûteau
   Fit la révérence au château.
   Sans armoiri's, sans parchemin,
   Sans gloire, il se mit en chemin
   Vers son clocher, sa chaumine,
   Ses parents et sa promise...
   Nul ne dise, dans le pays,
   "Le joueur de flûte a trahi",
   Et Dieu reconnaisse pour sien
   Le brave petit musicien !

Le petit joueur de flûteau - 2   EM 57 - 158

LES QUATRE BACHELIERS

Paroles et musique de
Georges BRASSENS

Le "Bis" du 9ème couplet est repris en LA Majeur

EM 57 - 173

1. Nous étions quatre bacheliers
Sans vergogne,
La vrai' crème des écoliers,
Des écoliers.

2. Pour offrir aux filles des fleurs,
Sans vergogne,
Nous nous fîmes un peu voleurs,
Un peu voleurs.

3. Les sycophantes du pays,
Sans vergogne,
Aux gendarmes nous ont trahis,
Nous ont trahis.

4. Et l'on vit quatre bacheliers
Sans vergogne,
Qu'on emmène, les mains lié's,
Les mains lié's.

5. On fit venir à la prison,
Sans vergogne,
Les parents des mauvais garçons,
Mauvais garçons.

6. Les trois premiers pères, les trois,
Sans vergogne,
En perdirent tout leur sang-froid,
Tout leur sang-froid.

7. Comme un seul ils ont déclaré,
Sans vergogne,
Qu'on les avait déshonoré',
Déshonorés.

8. Comme un seul ont dit : "C'est fini,
Sans vergogne,
Fils indigne, je te reni',
Je te reni'."

9. Le quatrième des parents,
Sans vergogne,
C'était le plus gros, le plus grand,
Le plus grand.

10. Quand il vint chercher son voleur,
Sans vergogne,
On s'attendait à un malheur,
A un malheur.

11. Mais il n'a pas déclaré, non,
Sans vergogne,
Que l'on avait sali son nom,
Sali son nom.

12. Dans le silence on l'entendit,
Sans vergogne,
Qui lui disait : "Bonjour, petit,
Bonjour, petit."

13. On le vit, on le croirait pas,
Sans vergogne,
Lui tendre sa blague à tabac,
Blague à tabac.

14. Je ne sais pas s'il eut raison,
Sans vergogne,
D'agir d'une telle façon,
Telle façon.

15. Mais je sais qu'un enfant perdu,
Sans vergogne,
A de la corde de pendu,
De pendu.

16. A de la chance, quand il a,
Sans vergogne,
Un père de ce tonneau-là,
Ce tonneau-là.

17. Et si les chrétiens du pays,
Sans vergogne,
Jugent que cet homme a failli,
Homme a failli.

18. Ça laisse à penser que, pour eux,
Sans vergogne,
L'Evangile, c'est de l'hébreu,
C'est de l'hébreu.
} bis

SUPPLIQUE POUR ÊTRE ENTERRÉ A LA PLAGE DE SÈTE

Paroles et musique de
Georges BRASSENS

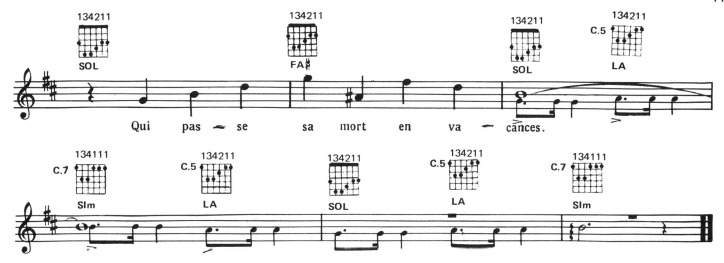

Qui pas - se sa mort en va - cances.

1. La Camarde, qui ne m'a jamais pardonné
D'avoir semé des fleurs dans les trous de son nez,
Me poursuit d'un zèle imbécile.
Alors, cerné de près par les enterrements,
J'ai cru bon de remettre à jour mon testament,
De me payer un codicille.

2. Trempe, dans l'encre bleu' du golfe du Lion,
Trempe, trempe ta plume, ô mon vieux tabellion,
Et, de ta plus belle écriture,
Note ce qu'il faudrait qu'il advînt de mon corps,
Lorsque mon âme et lui ne seront plus d'accord
Que sur un seul point : la rupture.

3. Quand mon âme aura pris son vol à l'horizon
Vers celles de Gavroche et de Mimi Pinson,
Celles des titis, des grisettes,
Que vers le sol natal mon corps soit ramené
Dans un sleeping du "Paris-Méditerranée",
Terminus en gare de Sète.

4. Mon caveau de famille, hélas ! n'est pas tout neuf.
Vulgairement parlant, il est plein comme un œuf,
Et, d'ici que quelqu'un n'en sorte,
Il risque de se faire tard et je ne peux
Dire à ces braves gens "Poussez-vous donc un peu !"
Place aux jeunes en quelque sorte.

5. Juste au bord de la mer, à deux pas des flots bleus,
Creusez, si c'est possible, un petit trou moelleux,
Une bonne petite niche,
Auprès de mes amis d'enfance, les dauphins,
Le long de cette grève où le sable est si fin,
Sur la plage de la Corniche.

6. C'est une plage où, même à ses moments furieux,
Neptune ne se prend jamais trop au sérieux,
Où, quand un bateau fait naufrage,
Le capitaine cri' : "Je suis le maître à bord !
Sauve qui peut ! Le vin et le pastis d'abord !
Chacun sa bonbonne et courage !"

7. Et c'est là que, jadis, à quinze ans révolus,
A l'âge où s'amuser tout seul ne suffit plus,
Je connus la prime amourette.
Auprès d'une sirène, une femme-poisson,
Je reçus de l'amour la première leçon,
Avalai la première arête.

8. Déférence gardée envers Paul Valéry,
Moi, l'humble troubadour, sur lui je renchéris,
Le bon maître me le pardonne,
Et qu'au moins, si ses vers valent mieux que les miens,
Mon cimetière soit plus marin que le sien,
Et n'en déplaise aux autochtones.

9. Cette tombe en sandwich, entre le ciel et l'eau,
Ne donnera pas une ombre triste au tableau,
Mais un charme indéfinissable.
Les baigneuses s'en serviront de paravent
Pour changer de tenue, et les petits enfants
Diront : "Chouette ! un château de sable !"

10. Est-ce trop demander...! Sur mon petit lopin,
Plantez, je vous en prie, une espèce de pin,
Pin parasol, de préférence,
Qui saura prémunir contre l'insolation
Les bons amis venus fair' sur ma concession
D'affectueuses révérences.

11. Tantôt venant d'Espagne et tantôt d'Italie,
Tout chargés de parfums, de musiques jolies,
Le mistral et la tramontane
Sur mon dernier sommeil verseront les échos,
De villanelle un jour, un jour de fandango,
De tarentelle, de sardane...

12. Et quand, prenant ma butte en guise d'oreiller,
Une ondine viendra gentiment sommeiller
Avec moins que rien de costume,
J'en demande pardon par avance à Jésus,
Si l'ombre de ma croix s'y couche un peu dessus
Pour un petit bonheur posthume.

13. Pauvres rois, pharaons ! Pauvre Napoléon !
Pauvres grands disparus gisant au Panthéon !
Pauvres cendres de conséquence !
Vous envierez un peu l'éternel estivant,
Qui fait du pédalo sur la vague en rêvant,
Qui passe sa mort en vacances...
Vous envierez un peu l'éternel estivant,
Qui fait du pédalo sur la vague en rêvant,
Qui passe sa mort en vacances...

LA NON·DEMANDE EN MARIAGE

Ce rythme s'obtient en frottant l'accord avec un mouvement "d'aller et retour"
avec la face extérieure de l'ongle du pouce droit. En accentuant légèrement chaque temps.

Paroles et musique de
Georges BRASSENS

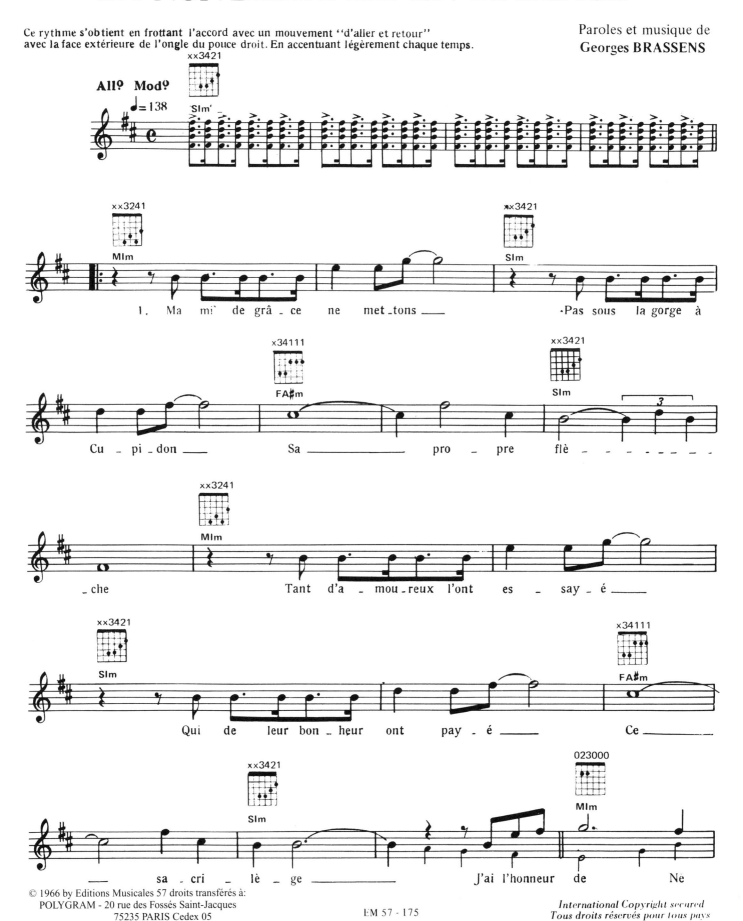

EM 57 - 175

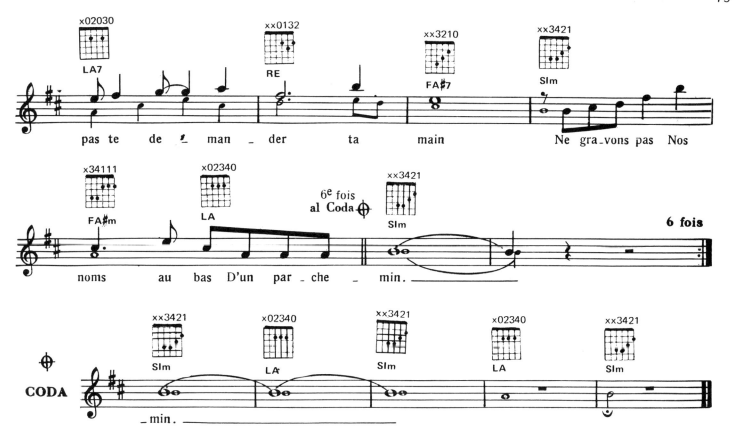

1. Ma mi', de grâce, ne mettons
   Pas sous la gorge à Cupidon
   Sa propre flèche,
   Tant d'amoureux l'ont essayé
   Qui, de leur bonheur, ont payé
   Ce sacrilège...

   Refrain

   J'ai l'honneur de
   Ne pas te de-
   mander ta main,
   Ne gravons pas
   Nos noms au bas
   D'un parchemin.

2. Laissons le champ libre à l'oiseau
   Nous serons tous les deux prison-
   niers sur parole,
   Au diable, les maîtresses queux
   Qui attachent les cœurs aux queu's
   Des casseroles !

3. Vénus se fait vieille souvent
   Elle perd son latin devant
   La lèche-frite...
   A aucun prix, moi, je ne veux
   Effeuiller dans le pot-au-feu
   La marguerite.

4. On leur ôte bien des attraits,
   En dévoilant trop les secrets
   De Mélusine.
   L'encre des billets doux pâlit
   Vite entre les feuillets des li-
   vres de cuisine.

5. Il peut sembler de tout repos
   De mettre à l'ombre, au fond d'un pot
   De confiture,
   La joli' pomme défendu',
   Mais elle est cuite, elle a perdu
   Son goût "nature".

6. De servante n'ai pas besoin,
   Et du ménage et de ses soins
   Je te dispense...
   Qu'en éternelle fiancée,
   A la dame de mes pensée'
   Toujours je pense...

A L'OMBRE DU CŒUR DE MA MIE

Paroles et musique de
Georges BRASSENS

Moderato assai

arpéger tout au long du morceau

A l'om-bre du cœur de ma mie, A l'om-bre
du cœur de ma mie, Un oi-seau s'é-tait en-dor-mi, Un oi-seau
s'é-tait en-dor-mi. Un jour qu'el-le fai-sait sem-blant D'ê-tre la

1.2.3.4.5.   6.

belle au bois dor-mant.   -mins.

FIN

1

A l'ombre du cœur de ma mi',   *(bis)*
Un oiseau s'était endormi ·   *(bis)*
Un jour qu'elle faisait semblant
D'être la Belle au bois dormant.

2

Et moi, me mettant à genoux,   *(bis)*
Bonnes fées, sauvegardez-nous !   *(bis)*
Sur ce cœur j'ai voulu déposer
Une manière de baiser.

3

Alors cet oiseau de malheur   *(bis)*
Semit à crier *Au voleur !*   *(bis)*
Au voleur ! et *A l'assassin !*
Comm' si j'en voulais à son sein.

4

Aux appels de cet étourneau,   *(bis)*
Grand branle-bas dans Landerneau.*(bis)*
Tout le monde et son père accourt
Aussitôt lui porter secours.

5

Tant de rumeurs, de grondements *(bis)*
Ont fait peur aux enchantements, *(bis)*
Et la belle désabusée
Ferma son cœur à mon baiser.

6

Et c'est depuis ce temps, ma sœur *(bis)*
Que je suis devenu chasseur,   *(bis)*
Que, mon arbalète à la main,
Je cours les bois et les chemins.

ONCLE ARCHIBALD

Paroles et musique de
Georges BRASSENS

1

O vous, les arracheurs de dents,
Tous les cafards, les charlatans,
Les prophètes,
Comptez plus sur son oncle Archibald
Pour payer les violons du bal
A vos fêtes. *(bis)*

2

En courant sus à un voleur
Qui venait de lui chiper l'heure
A sa montre,
Oncle Archibald, coquin de sort,
Fit de Sa Majesté la Mort
La rencontre. *(bis)*

3

Telle un' femm' de petit' vertu
Elle arpentait le trottoir du
Cimetière,
Aguichant les homm's en troussant
Un peu plus haut qu'il n'est décent
Son suaire. *(bis)*

4

Oncle Archibald d'un ton gouailleur
Lui dit : Va-t-en fair' pendre ailleurs
Ton squelette !
Fi des femelles décharnées !
Vive les bell's un tantinet
Rondelettes ! *(bis)*

5

Lors montant sur ses grands chevaux,
La Mort brandit la longue faux
D'agronome,
Qu'elle serrait dans son linceul
Et faucha d'un seul coup, d'un seul
Le bonhomme. *(bis)*

6

Comme il n'avait pas l'air content,
Elle lui dit : ça fait longtemps
Que je t'aime,
Et notre hymen à tous les deux
Etait prévu depuis l' jour de
Ton baptême. *(bis)*

7

Si tu te couches dans mes bras,
Alors la vi' te semblera
Plus facile,
Tu y seras hors de portée
Des chiens, des loups, des homm's et des
Imbéciles. *(bis)*

8

Nul n'y contestera tes droits,
Tu pourras crier : Viv' le roi !
Sans intrigue.
Si l'envi' te prend de changer
Tu pourras crier sans danger :
Viv' la ligue ! *(bis)*

9

Ton temps de dupe est révolu,
Personne ne se payera plus
Sur ta bête.
Les "plaît-il, maître" auront plus cours,
Plus jamais tu n'auras à cour-
-ber la tête. *(bis)*

10

Et mon oncle emboîta le pas
De la bell' qui ne semblait pas
Si féroce,
Et les voilà,bras d'ssus,bras d'ssous,
Les voilà partis je n' sais où
Fair' leurs noces. *(bis)*

11

O vous, les arracheurs de dents,
Tous les cafards, les charlatans,
Les prophètes,
Comptez plus sur oncle Archibald
Pour payer les violons du bal
A vos fêtes. *(bis)*

LE MÉCRÉANT

Paroles et musique de
Georges BRASSENS

INTRODUCTION
Fox à 2

CHANT

Est - il en no - tre temps

rien de plus o - di - eux, De plus dés - es - pé - rant, que de n' pas croire en

Dieu ? J' vou-drais a - voir la foi, la foi d' mon char-bon - nier;

10 fois | **Pour finir**

Qui' est heu-reux comme un pape et con comme un pa - nier. foi.

E.M.57 - 121

Est-il en notre temps rien de plus odieux,
De plus désespérant, que de n' pas croire en Dieu ?

J' voudrais avoir la foi, la foi d' mon charbonnier,
Qui' est heureux comme un pape et con comme un panier.

Mon voisin du dessus, un certain Blais' Pascal,
M'a gentiment donné ce conseil amical :

"Mettez-vous à genoux, priez et implorez,
Faites semblant de croire, et bientôt vous croirez."

J' me mis à débiter, les rotules à terr',
Tous les *Ave Maria*, tous les *Pater Noster*,

Dans les ru's, les cafés, les trains, les autobus,
Tous les *de profundis*, tous les *morpionibus*...

Sur ces entrefait's là, trouvant dans les orti's
Un' soutane à ma taill', je m'en suis travesti

Et, tonsuré de frais, ma guitare à la main,
Vers la foi salvatric' je me mis en chemin.

J' tombai sur un boisseau d' punais's de sacristi'.
Me prenant pour un autre, en chœur, elles m'ont dit :

"Mon Pèr', chantez-nous donc quelque refrain sacré,
Quelque sainte chanson dont vous avez l' secret ! "

Grattant avec ferveur les cordes sous mes doigts,
J'entonnai "le Gorille" avec "Putain de toi".

Criant à l'imposteur, au traître, au papelard,
Ell's veul'nt me fair' subir le supplic' d'Abélard,

Je vais grossir les rangs des muets du sérail,
Les bell's ne viendront plus se pendre à mon poitrail,

Grâce à ma voix coupé' j'aurai la plac' de choix
Au milieu des Petits chanteurs à la croix d' bois.

Attiré' par le bruit, un' dam' de Charité,
Leur dit : "Que faites-vous ? Malheureus's, arrêtez !

Y'a tant d'homm's aujourd'hui qui' ont un penchant pervers
A prendre obstinément Cupidon à l'envers,

Tant d'hommes dépourvus de leurs virils appas,
A ceux qui' en ont encor' ne les enlevons pas ! "

Ces arguments massu' firent un' grosse impression,
On me laissa partir avec des ovations.

Mais, su' l' chemin du ciel, je n' ferai plus un pas,
La foi viendra d'ell'-même ou ell' ne viendra pas.

Je n'ai jamais tué, jamais violé non plus,
Y'a déjà quelque temps que je ne vole plus,

Si l'Eternel existe, en fin de compte, il voit
Qu' je m' conduis guèr' plus mal que si j'avais la foi.

LA MARCHE NUPTIALE

Paroles et musique de
Georges BRASSENS

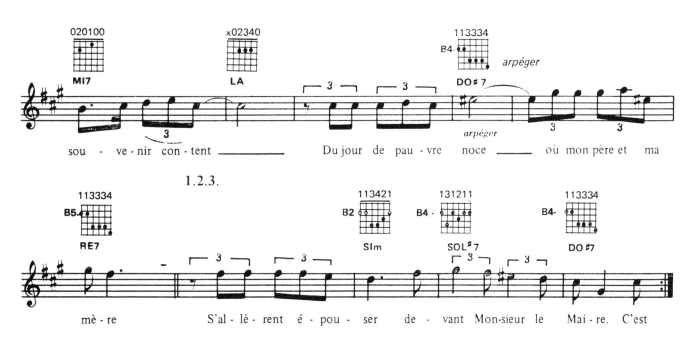

sou - ve - nir con - tent _____ Du jour de pau - vre noce _____ où mon père et ma

1.2.3.

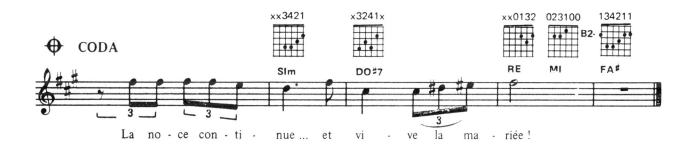

mè - re S'al - lè - rent é - pou - ser de - vant Mon-sieur le Mai - re. C'est

CODA

La no - ce con - ti - nue... et vi - ve la ma - riée !

1
Mariage d'amour, mariage d'argent,
J'ai vu se marier toutes sortes de gens,
Des gens de basse source et des grands de la terre,
Des prétendus coiffeurs, des soi-disant notaires.

2
Quand même je vivrais jusqu'à la fin des temps,
Je garderais toujours le souvenir content
Du jour de pauvre noce où mon père et ma mère
S'allèrent épouser devant Monsieur le Maire.

3
C'est dans un char à bœufs, s'il faut parler bien franc,
Tiré par les amis, poussé par les parents,
Que les vieux amoureux firent leurs épousailles,
Après long temps d'amour, long temps de fiançailles.

4
Cortège nuptial hors de l'ordre courant,
La foule nous couvait d'un œil protubérant,
Nous étions contemplés par le monde futile,
Qui n'avait jamais vu de noce de ce style.

5
Voici le vent qui souffle emportant crève-cœur !
Le chapeau de mon père et les enfants de chœur...
Voilà la plui' qui tombe en pesant bien ses gouttes,
Comme pour empêcher la noc' coûte que coûte.

6
Je n'oublierai jamais la mariée en pleurs,
Berçant comme un' poupé' son gros bouquet de fleurs.
Moi, pour la consoler, moi, de toute ma morgue,
Sur mon harmonica jouant les grandes orgues.

7
Tous les garçons d'honneur montrant le poing aux nues,
Criaient : "Par Jupiter, la noce continue ! "
Par les homm's décriée, par les dieux contrariée,
La noce continue... et vive la mariée !

SATURNE

Paroles et musique de
Georges BRASSENS

E.M.57 - 157

Il est morne, il est taciturne,
Il préside aux choses du temps,
Il porte un joli nom "Saturne", } bis
Mais c'est un dieu fort inquiétant.

En allant son chemin, morose,
Pour se désennuyer un peu,
Il joue à bousculer les roses, } bis
Le temps tu' le temps comme il peut.

Cette saison, c'est toi, ma belle,
Qui as fait les frais de son jeu,
Toi qui as payé la gabelle } bis
Un grain de sel dans tes cheveux.

C'est pas vilain, les fleurs d'automne,
Et tous les poètes l'ont dit.
Je te regarde et je te donne } bis
Mon billet qu'ils n'ont pas menti.

Viens encor, viens, ma favorite,
Descendons ensemble au jardin,
Viens effeuiller la marguerite } bis
De l'été de la Saint-Martin.

Je sais par cœur toutes tes grâces
Et, pour me les faire oublier,
Il faudra que Saturne en fasse
Des tours d'horlog' de sablier !
Et la petit' pisseus' d'en face
Peut bien aller se rhabiller.

AU BOIS DE MON CŒUR

Paroles et musique de
Georges BRASSENS

F.M. 57 - 101

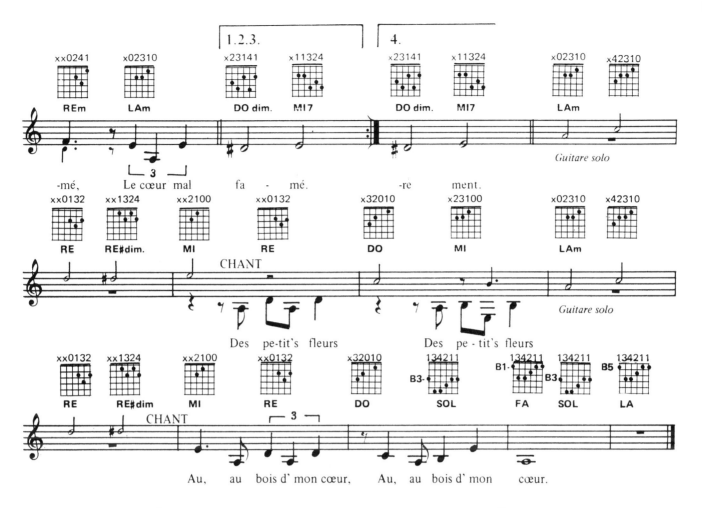

1
Au bois d' Clamart y'a des petit's fleurs,
Y'a des petit's fleurs,
Y'a des copains au, au bois d' mon cœur,
Au, au bois d' mon cœur.

Au fond d' ma cour, j' suis renommé,
Au fond d' ma cour, j' suis renommé,
J' suis renommé
Pour avoir le cœur mal famé,
Le cœur mal famé.

2
Au bois d' Vincenn's y'a des petit's fleurs,
Y'a des petit's fleurs,
Y'a des copains au, au bois d' mon cœur,
Au, au bois d' mon cœur.

Quand y a plus d' vin dans mon tonneau,
Quand y a plus d' vin dans mon tonneau,
Dans mon tonneau,
Ils n'ont pas peur de boir' mon eau,
De boire mon eau.

3
Au bois d' Meudon y'a des petit's fleurs,
Y'a des petit's fleurs,
Y'a des copains au, au bois d' mon cœur,
Au, au bois d' mon cœur.

Ils m'accompagn'nt à la mairie,
Ils m'accompagn'nt à la mairie,
A la mairie,
Chaque fois que je me marie,
Que je me marie.

4
Au bois d' Saint-Cloud y'a des petit's fleurs,
Y'a des petit's fleurs,
Y'a des copains au, au bois d' mon cœur,
Au, au bois d' mon cœur.

Chaqu' fois qu' je meurs fidèlement,
Chaqu' fois qu' je meurs fidèlement,
Fidèlement
Ils suivent mon enterrement,
Mon enterrement.

CODA
Au bois d' Clamart y'a des petit's fleurs,
Y'a des petit's fleurs,
Y'a des copains au, au bois d' mon cœur,
Au, au bois d' mon cœur.

L'ASSASSINAT

Paroles et musique de
Georges BRASSENS

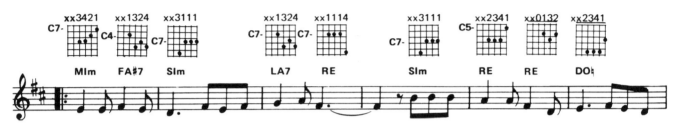

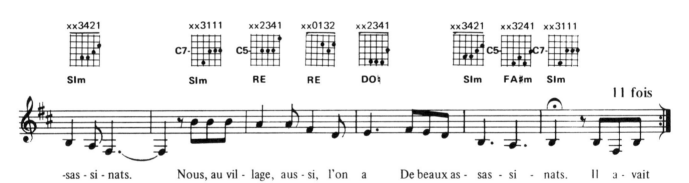

C'est pas seulement à Paris
Que le crime fleurit,
Nous, au village, aussi, l'on a
De beaux assassinats.   } bis

Il avait la tête chenu'
Et le cœur ingénu,
Il eut un retour de printemps
Pour une de vingt ans.   } bis

Mais la chair fraîch', la tendre chair,
Mon vieux, ça coûte cher.
Au bout de cinq à six baisers,
Son or fut épuisé.   } bis

E.M.57 - 146

Quand sa menotte elle a tendu'
Triste, il a répondu
Qu'il était pauvre comme Job.
Elle a remis sa rob'. } bis

Elle alla quérir son coquin
Qui' avait l'appât du gain.
Sont revenus chez le grigou
Faire un bien mauvais coup. } bis

Et pendant qu'il le lui tenait,
Elle l'assassinait.
On dit que, quand il expira,
La langue ell' lui montra. } bis

Mirent tout sens dessus dessous,
Trouvèrent pas un sou,
Mais des lettres de créanciers,
Mais des saisi's d'huissiers. } bis

Alors, prise d'un vrai remords,
Elle eut chagrin du mort
Et, sur lui, tombant à genoux,
Ell' dit : "Pardonne-nous ! " } bis

Quand les gendarm's sont arrivés,
En pleurs ils l'ont trouvé'.
C'est une larme au fond des yeux
Qui lui valut les cieux. } bis

Et le matin qu'on la pendit,
Ell' fut en paradis.
Certains dévôts, depuis ce temps,
Sont un peu mécontents. } bis

C'est pas seulement à Paris
Que le crime fleurit,
Nous, au village, aussi, l'on a
De beaux assassinats. } bis

LA GUERRE DE 14-18

Paroles et musique de
Georges BRASSENS

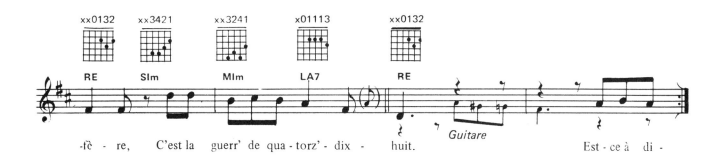

-fè - re,   C'est la guerr' de qua - torz' - dix - huit.   Est - ce à di -

Guitare solo

huit.

1
Depuis que l'homme écrit l'histoire,
Depuis qu'il bataille à cœur joie,
Entre mille et un' guerr's notoires
Si j'étais tenu d' faire un choix,
A l'encontre du vieil Homère,
Je déclarerais tout de suit' :
Moi, mon colon, cell' que j' préfère, ⎠ bis
C'est la guerr' de quatorz'-dix-huit.

2
Est-ce à dire que je méprise
Les nobles guerres de jadis,
Que je m' soucie comm' d'un' cerise
De celle de soixante-dix ?
Au contrair' je la révère ·
Et lui donne un satisfecit.
Mais mon colon, cell' que j' préfère, ⎠ bis
C'est la guerr' de quatorz'-dix-hui.

3
Je sais que les guerriers de Sparte
Plantaient pas leurs épées dans l'eau,
Que les grognards de Bonaparte
Tiraient pas leur poudre aux moineaux.
Leurs faits d'armes sont légendaires,
Au garde-à-vous j' les félicit'.
Mais mon colon, cell' que j' préfère, ⎠ bis
C'est la guerr' de quatorz'-dix-huit.

4
Bien sûr, celle de l'an quarante
Ne m'a pas tout à fait déçu.
Elle fut longue et massacrante
Et je ne crache pas dessus.
Mais à mon sens ell' ne vaut guère
Guèr' plus qu'un premier accessit
Moi, mon colon, cell' que j' préfère, ⎠ bis
C'est la guerr' de quatorz'-dix-huit.

5
Mon but n'est pas de chercher noise
Aux guerillas, non, fichtre non.
Guerres saintes, guerres sournoises
Qui n'osent pas dire leur nom,
Chacune a quelque chos' pour plaire,
Chacune a son petit mérit'.
Mais mon colon, cell' que j' préfère, ⎠ bis
C'est la guerr' de quatorz'-dix-huit.

6
Du fond de son sac à malices
Mars va sans doute à l'occasion
En sortir une, un vrai délice
Qui me fera grosse impression.
En attendant, je persévère
A dir' que ma guerr' favorit',
Cell', mon colon, que j' voudrais faire, ⎠ bis
C'est la guerr' de quatorz'-dix-huit.

LE 22 SEPTEMBRE

Paroles et musique de
Georges BRASSENS

Un vin - gt - deux sep - tembre au dia - ble vous par - tî - tes   Et de-puis, chaque an-

-née, à la da - te sus - di - te,   Je mouil-lais mon mou-choir ——— en sou-ve-nir de

vous *(Guitare)*   Or, nous y re-voi - là,   mais je res-te de pier - re,

Plus u - ne seu - le   larme à me mettre aux pau - piè - res,   Le vin-gt-deux sep-

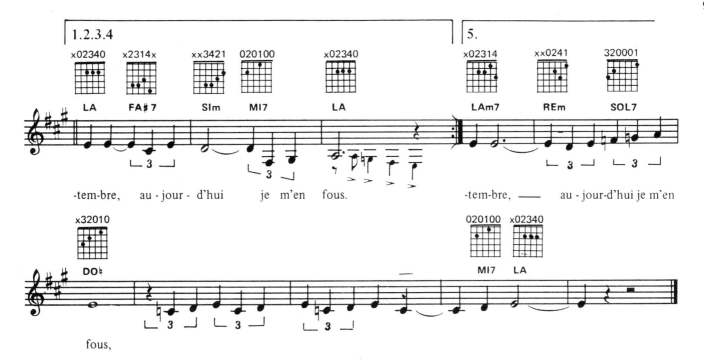

-tem-bre, au-jour-d'hui je m'en fous. -tem-bre, ——— au-jour-d'hui je m'en

fous,

1

Un vingt-deux septembre au diable vous partîtes
Et depuis, chaque année, à la date susdite,
Je mouillais mon mouchoir en souvenir de vous.
Or, nous y revoilà, mais je reste de pierre,
Plus une seule larme à me mettre aux paupières :
Le vingt-deux septembre, aujourd'hui je m'en fous.

2

On ne reverra plus au temps des feuilles mortes
Cette âme en peine qui me ressemble et qui porte
Le deuil de chaque feuille en souvenir de vous.
Que le brave Prévert et ses escargots veuillent
Bien se passer de moi pour enterrer les feuilles :
Le vingt-deux septembre, aujourd'hui je m'en fous.

3

Jadis ouvrant mes bras comme une paire d'ailes,
Je montais jusqu'au ciel pour suivre l'hirondelle
Et me rompais les os en souvenir de vous.
Le complexe d'Icare à présent m'abandonne.
L'hirondelle en partant ne fera plus l'automne :
Le vingt-deux septembre, aujourd'hui je m'en fous.

4

Pieusement noué d'un bout de vos dentelles,
J'avais sur ma fenêtre un bouquet d'immortelles
Que j'arrosais de pleurs en souvenir de vous.
Je m'en vais les offrir au premier mort qui passe.
Les regrets éternels à présent me dépassent :
Le vingt-deux septembre, aujourd'hui je m'en fous.

5

Désormais le petit bout de cœur qui me reste
Ne traversera plus l'équinoxe funeste
En battant la breloque en souvenir de vous.
Il a craché sa flamme et ses cendres s'éteignent,
A peine y pourrait-on rôtir quatre châtaignes.
Le vingt-deux septembre, aujourd'hui, je m'en fous.

CODA

Et c'est triste de n'être plus triste sans vous.

98

LE TEMPS NE FAIT RIEN A L'AFFAIRE

Paroles et musique de
Georges BRASSENS

1. Quand ils sont tout neufs Qu'ils sor_tent de l'œuf Du co_con

Tous les jeun's blancs becs Prennent les vieux mecs Pour des cons

Quand ils sont d've_nus Des tê_tes che_nues Des gri_sons

Tous les vieux four_neaux Prennent les jeu_nots Pour des cons _____

Moi qui ba_lance en_tre deux â_ges _____ J'leur a_dresse à tous

EM 57 - 142

1. Quand ils sont tout neufs,
   Qu'ils sortent de l'œuf,
   Du cocon,
   Tous les jeun's blancs-becs
   Prennent les vieux mecs
   Pour des cons.
   Quand ils sont d'venus
   Des têtes chenu's,
   Des grisons,
   Tous les vieux fourneaux
   Prennent les jeunots
   Pour des cons.
   Moi, qui balance entre deux âges,
   J' leur adresse à tous un message :

Refrain

Le temps ne fait rien à l'affaire,
Quand on est con, on est con.
Qu'on ait vingt ans, qu'on soit grand-père,
Quand on est con, on est con.
Entre vous, plus de controverses,
Cons caducs ou cons débutants,
Petits cons d' la dernière averse,
Vieux cons des neiges d'antan,
Petits cons d' la dernière averse,
Vieux cons des neiges d'antan.

2. Vous, les cons naissants,
   Les cons innocents,
   Les jeun's cons
   Qui, n' le niez pas,
   Prenez les papas
   Pour des cons,
   Vous, les cons âgés,
   Les cons usagés,
   Les vieux cons
   Qui, confessez-le,
   Prenez les p'tits bleus
   Pour des cons,
   Méditez l'impartial message
   D'un qui balance entre deux âges :

LA FEMME D'HECTOR

Paroles et musique de
Georges BRASSENS

Fox à 2 temps

E.M.57 - 116

102

L.M 57 - 116

1

En notre tour de Babel,
Laquelle est la plus bell',
La plus aimable parmi
Les femm's de nos amis ?
Laquelle est notre vraie nounou,
La p'tit' sœur des pauvres de nous,
Dans le guignon toujours présente,
Quelle est cette fée bienfaisante ?

REFRAIN
C'est pas la femm' de Bertrand,
Pas la femm' de Gontran,
Pas la femm' de Pamphile,
C'est pas la femm' de Firmin,
Pas la femm' de Germain,
Ni cell' de Benjamin,
C'est pas la femm' d'Honoré,
Ni cell' de Désiré,
Ni cell' de Théophile,
Encore moins la femme de Nestor,
Non, c'est la femm' d'Hector.

2

Comme nous dansons devant
Le buffet bien souvent
On a toujours peu ou prou
Les bas criblés de trous
Qui raccommode ces malheurs,
De fils de toutes les couleurs,
Qui brode divine cousette
Des arcs-en-ciel à nos chaussettes ?
(au Refrain)

3

Quand on nous prend la main,
Sacré Bon Dieu, dans un sac
Et qu'on nous envoie planter
Des choux à la Santé,
Quelle est cell' qui, prenant modèl'
Sur les vertus des chiens fidèl's,
Reste à l'arrêt devant la porte
En attendant qu'on en ressorte ?
(au Refrain)

4

Et quand l'un d'entre nous meurt,
Qu'on nous met en demeur'
De débarrasser l'hôtel
De ses restes mortels,
Quelle est cell' qui r'mue tout Paris
Pour qu'on lui fasse au plus bas prix
Des funérailles gigantesques,
Pas nationales, non, mais presque ?
(au Refrain)

5

Et quand vient le mois de mai,
Le joli temps d'aimer
Que sans écho, dans les cours
Nous hurlons à l'amour,
Quelle est cell' qui nous plaint beaucoup,
Quelle est cell' qui nous saute au cou,
Qui nous dispense sa tendresse,
Tout' ses économies d' caresses ?
(au Refrain)

6

Ne jetons pas les morceaux
De nos cœurs aux pourceaux,
Perdons pas notre latin
Au profit des pantins,
Chantons pas la langue des dieux
Pour les balourds, les fess'-mathieux,
Les paltoquets ni les bobèches,
Les foutriquets ni les pimbêches !

Dernier Refrain
Ni pour la femm' de Bertrand,
Pour la femm' de Gontran,
Pour la femm' de Pamphile,
Ni pour la femm' de Firmin,
Pour la femm' de Germain,
Pour cell' de Benjamin,
Ni pour la femm' d'Honoré,
La femm' de Désiré,
La femm' de Théophile,
Encore moins pour la femm' de Nestor,
Mais pour la femm' d'Hector !

INGRAF s.r.l. - Via Monte S. Genesio 7 - Milano
Stampato in Italia - Printed in Italy - Imprimé en Italie 2005